真正的喜歡
從來都不應該有勇無謀

祝你糊塗又快樂
因為被愛的人都這樣

願相逢的人不想散
而走散的人再也不相逢

「真想跟你有一個不一樣的結局。」
「深情的我每次一想到你，總是這麼以為。」

凌晨三點了，
未完成的故事
未必需要結局

3am.talk 著

目次

↵

置頂聊天

↵

談一段好的戀愛，不如把一段戀愛談好。

把衝動收放自如、接受我跟你再愛也永遠是獨立的個體，

才是對愛情至高無上的尊重。

↵

↵

↵

↵

↵

↵

Chapter 2　無話不說篇／048

↵

有福同享有難退群

↵

朋友是我們自己選擇的家人，不能跟父母或伴侶說的話，

大部分都寄託給了這一群亦師亦友的知己裡。

↵

↵

↵

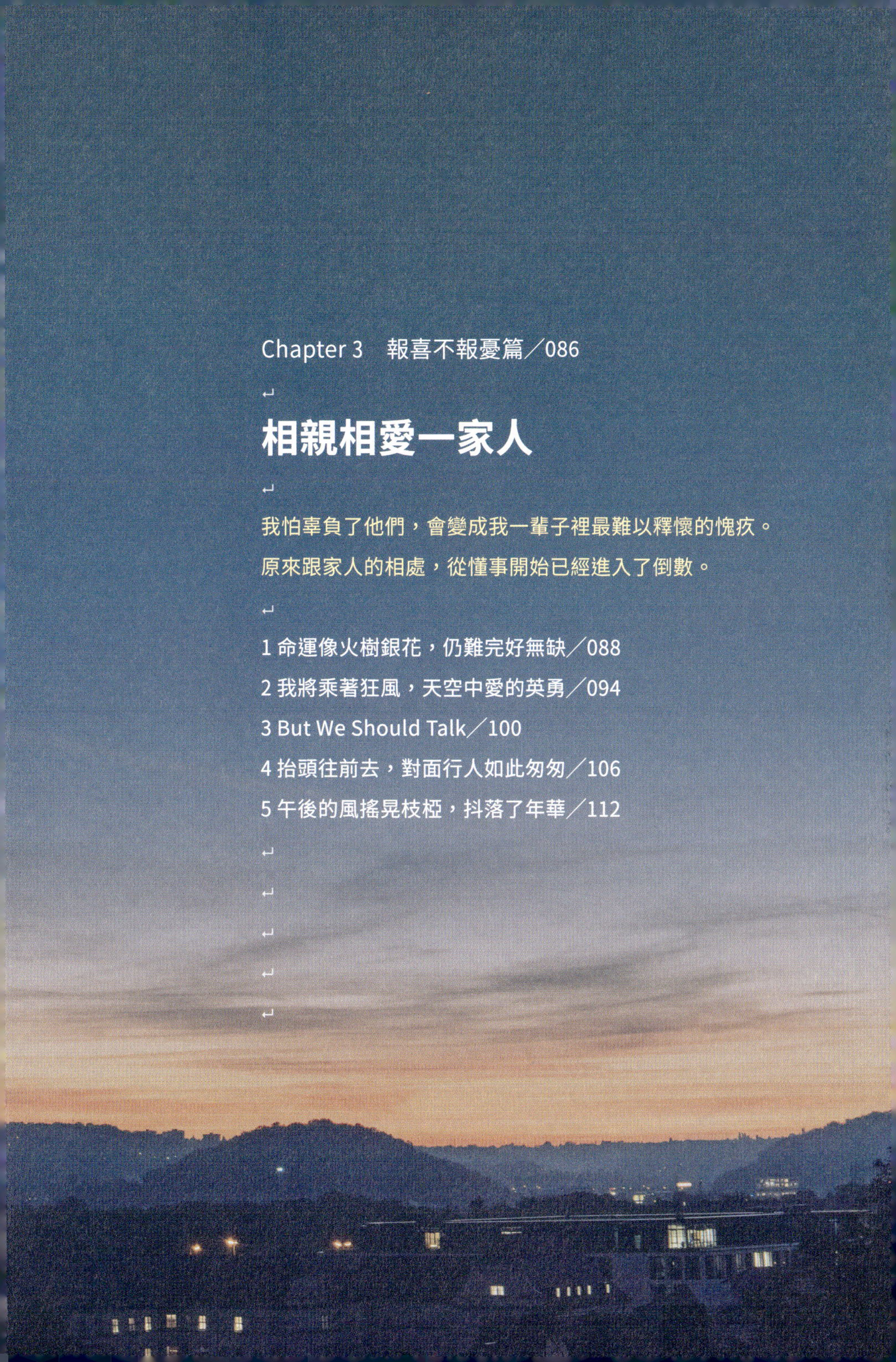

Chapter 3　報喜不報憂篇／086

相親相愛一家人

我怕辜負了他們，會變成我一輩子裡最難以釋懷的愧疚。
原來跟家人的相處，從懂事開始已經進入了倒數。

Chapter 4　察言觀色篇／118

自願上班打工人

在這個充斥著利益與競爭的鋼鐵森林裡，
就算有地圖也不代表就有出路。
沒想到自命不凡的我們，最後還是為了五斗米折腰。

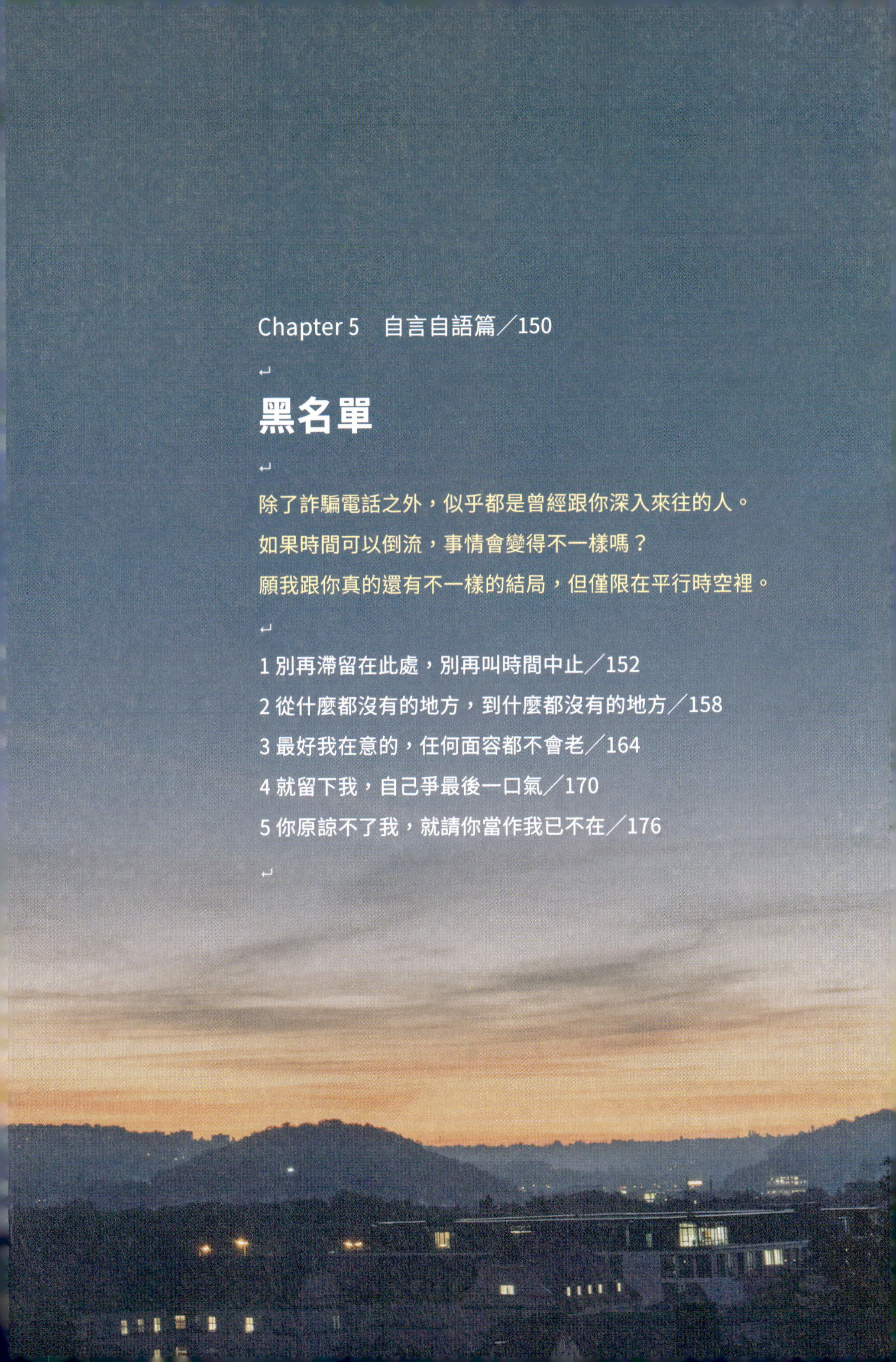

黑名單

除了詐騙電話之外，似乎都是曾經跟你深入來往的人。
如果時間可以倒流，事情會變得不一樣嗎？
願我跟你真的還有不一樣的結局，但僅限在平行時空裡。

自序

眼前是海市蜃樓
抬頭卻有蒼茫星海

以前年輕的時候，我覺得開心最重要，生活的每分每秒都應該充滿笑聲與自由。但是當我開始投入社會後，成年人的生存之道竟然是要保全體面，要學會在大局面前聳聳肩，假裝毫不在乎地說「兒女私情什麼的都是小事」。

然後這種小事，一天一件，每件都是壓死駱駝的那根稻草。

但駱駝會拿著那根稻草四處張揚嗎？駱駝不會。稻草怎麼可能會壓死一隻駱駝呢？它的煩惱在別人眼中也不過是一個不好笑的笑話，那些瑣碎的心事就當作是海市蜃樓，安慰自己說傷心跟難過都是假的，牢籠中的沙漠是孤獨的，但沙漠中的駱駝是自由的，再堅持一下，一定能撐過去。

明明都遙不可及，海市蜃樓和蒼茫星海，卻會帶我們走上截然不同的結局。駱駝的心事在你眼中輕於鴻毛，但它要牽動你的心頭大石也是輕而易舉。人的悲喜並不互通，所以駱駝跟你，一番掙扎之後還是不約而同地選擇了沉默。

人大了，就很怕自己情感氾濫。一時軟弱而已，不必次次都穿越大半個沙漠去找另一隻駱駝，只爲了傾訴一些他未必會懂的心事。所以我們把心事淺淺地埋在沙子裡最顯眼的地方，有人看懂了固然最好，如果它無人問津，隨風飄去也無妨。

漸漸的，心事有了訴說和破解的最佳時限。

在 Instgram 這個大沙漠中，輕輕一翻，沙子般的小事都可以藏著天大的秘密。只是我們學會了不動聲色，因爲大張旗鼓的都不過是試探，駱駝都是自己把稻草一根一根拾起來的。雖然哀傷，但他依然很慶幸自己在炎涼的世態中，在世俗的漩渦與風沙裡轉了又轉，始終保持對愛和自由的追求和執著。手中的每一根稻草，是他的初心，是他的心事，後來又成了他的故事。

希望這本書，能陪你穿過黑夜，走出沙漠，跟自己的駱駝和解。

願那些說不出口的心事，有天都變成你最自豪的故事。

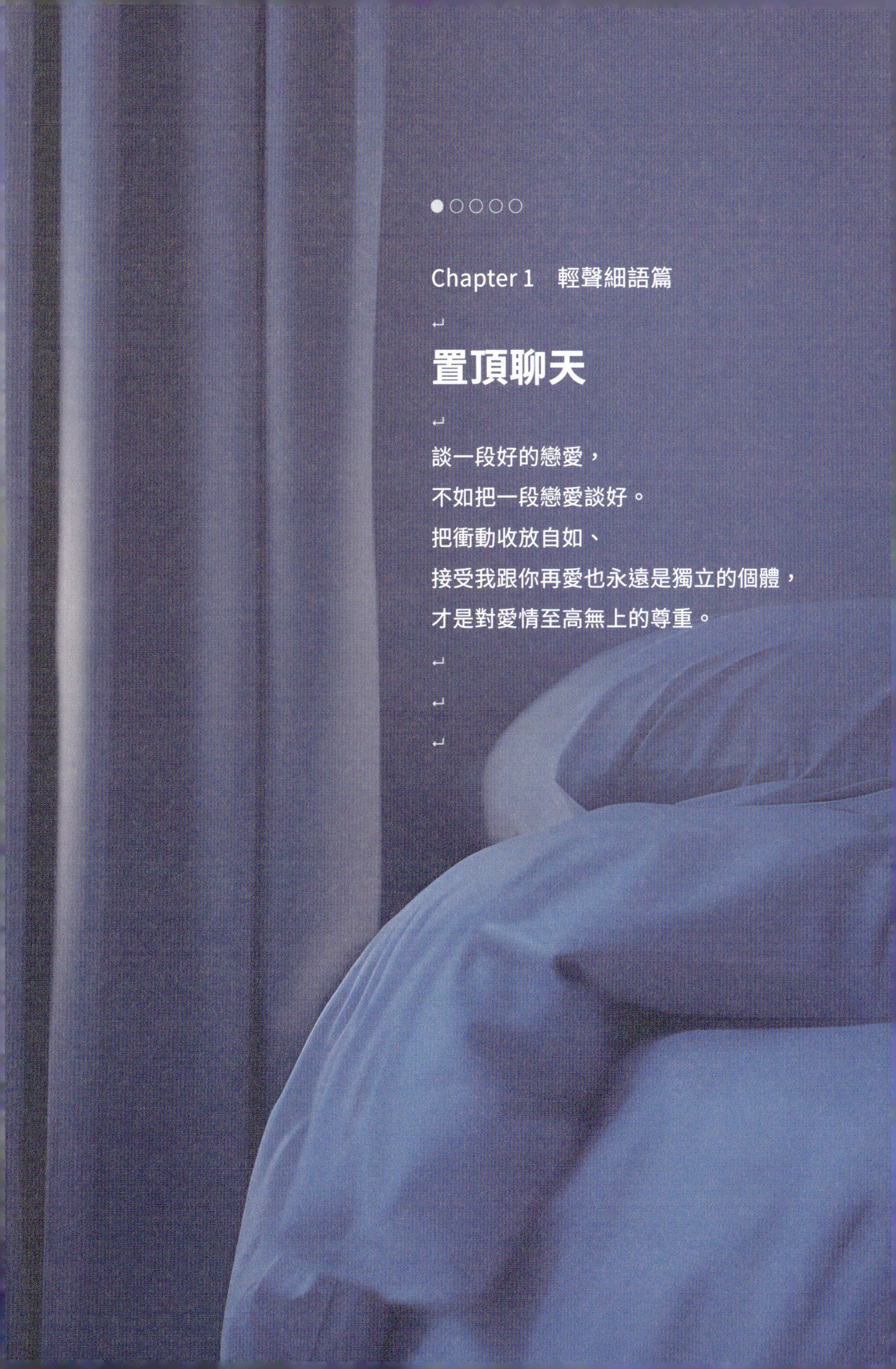

●○○○○

Chapter 1　輕聲細語篇

↵

置頂聊天

↵

談一段好的戀愛，
不如把一段戀愛談好。
把衝動收放自如、
接受我跟你再愛也永遠是獨立的個體，
才是對愛情至高無上的尊重。

↵

↵

↵

3am.talk 14h
許嵩 · 灰色頭像
如果這只是美夢一場, 記得太清楚,
不也只是自討苦吃。
Send message...

1
灰色頭像
明天又會再跳動

第一天，你們加了對方好友。起初大家都只是各自在忙碌的生活中，抽空回覆幾句寒暄的訊息。不到一週，你們的關係已經發展到即使隔了一夜睡眠，也不妨礙他繼續昨天被打斷的話題。一來一往，他變成了你每天早上第一個回覆的「普通朋友」。不出一個月，志趣相投讓你們格外享受日以繼夜的談天說地，除了從好吃的餐廳聊到喜歡的音樂，或者是今天遇到的趣事再提到明天又要加班的無奈，開始可以大方暢談各自身上的瘡疤，還給對方輕描淡寫地講述自己不堪的過往。

然後在聊了很多個晚上之後，聊到我們寧願硬撐也要回覆對方，只爲了在寧靜的夜裡繼續歡談。透過手機螢幕的光芒，我們似乎久違地找到了可以跟自己一拍即合的靈魂。

「好了，你快去睡吧。」
「晚安。」

突然之間，你迎來了相識以來他的第一句晚安。漆黑的夜裡被點亮了天上第一顆星星，有些羈絆漸漸清晰可見，彷彿在遙遠的星河裡遊蕩了好幾萬光年後，終於被你的世界察覺。夜深人靜，你看著這簡單的兩個字卻看出了神。自此，在你的小小宇宙裡，有了來電訊息的提示聲，還有飛快地敲打著的鍵盤聲，和心跳在呼吸中慢慢加速的跳動聲。

不管是若即若離的曖昧，還是貨眞價實的感情，可能你我都有好幾段難忘的故事，是從一句晚安作爲序章而展開的。

「明天再找你。」他又接了一句。

我堅信世界上的每一句晚安都應該是浪漫的。雖然毫無根據也無從考究，但我相信古人會爲了跟心上人說一句晚安，每晚準時點燈研墨，揮筆豪邁但思念又形容得委婉，然後再三囑咐那隻閉上眼睛都認得你家住哪的鴿子，一定要等你寫好了回信再飛回來。

我希望愛情故事有純樸且幸運的情節。我們總能在有生之年遇上自己的心上人，用一輩子的時間認定一個人，然後心裡裝著畢生摯愛就可以如詩如畫地描繪所有與你有關的情感。

「嗯。」
「做個好夢。」

看著他從在線上變成已下線，但那顆被高掛的星星卻依然不快不慢地閃動著。後來的每晚，你平時偶爾會被陰霾籠罩的天空，連續好多晚都晴空萬里，而同一顆星星，每過一晚就會更亮一點。以前一個人睡不著叫熬夜，現在兩個人睡不著，突然可以被稱之爲徹夜長談。你知道突如其來的一句晚安，是來自他禮貌的試探。我想成年人之間的愛情都是先探悉、後醞釀，總會在生長過程中比年輕時多一點理智與觀察。

是啊，我們似乎早就不年輕了。

成年後跟青春時的愛情相比，成年人的愛情是有跡可循的。你清楚記得你們的軌跡是在哪一晚開始越靠越近，他有意無意地談論未來、隔三差五地找你吃飯的暗示，每次都會淡淡應約的你，在裝傻與期待之間反覆徘徊。你有一個壞習慣：只要一個人表現得想要靠近你，你就會開始倒數著他什麼時候會離開。

如果這一切都只是過眼雲煙，那抓緊了也是徒勞。
如果這只是美夢一場，記得太清楚，不也只是自討苦吃。

你知道來得快的東西也會以同樣的速度離你而去。尤其現代的感情就像被濃縮了一樣，曾經愛一個人要一輩子，現在不到三兩個月，就已經看透也愛完了。所以在時辰未到之前，我反而希望不要過早把好感誤會成喜歡，而如果這些感情裡眞的摻雜了一些心動，也寧願故意放慢腳步，盡量不要帶著期望，把風一吹就會散的喜歡過早昇華爲愛情。

眞正的喜歡，從來都不應該有勇無謀。

所以，爲了好感可以慢慢長出愛情的花，我們不如相伴多一會，一起看看月亮圓了又缺，一起抬頭數一數星星閃爍的頻率。這樣一來，就算牽掛嘴角也可以不自覺多上揚一陣，連思念回味起來也是不容易傷身傷心的三分甜。

所以別忘了慢慢說晚安，
別讓你親手掛上去的星星，太快殞落。

「晚安。」

3am.talk
Taipei

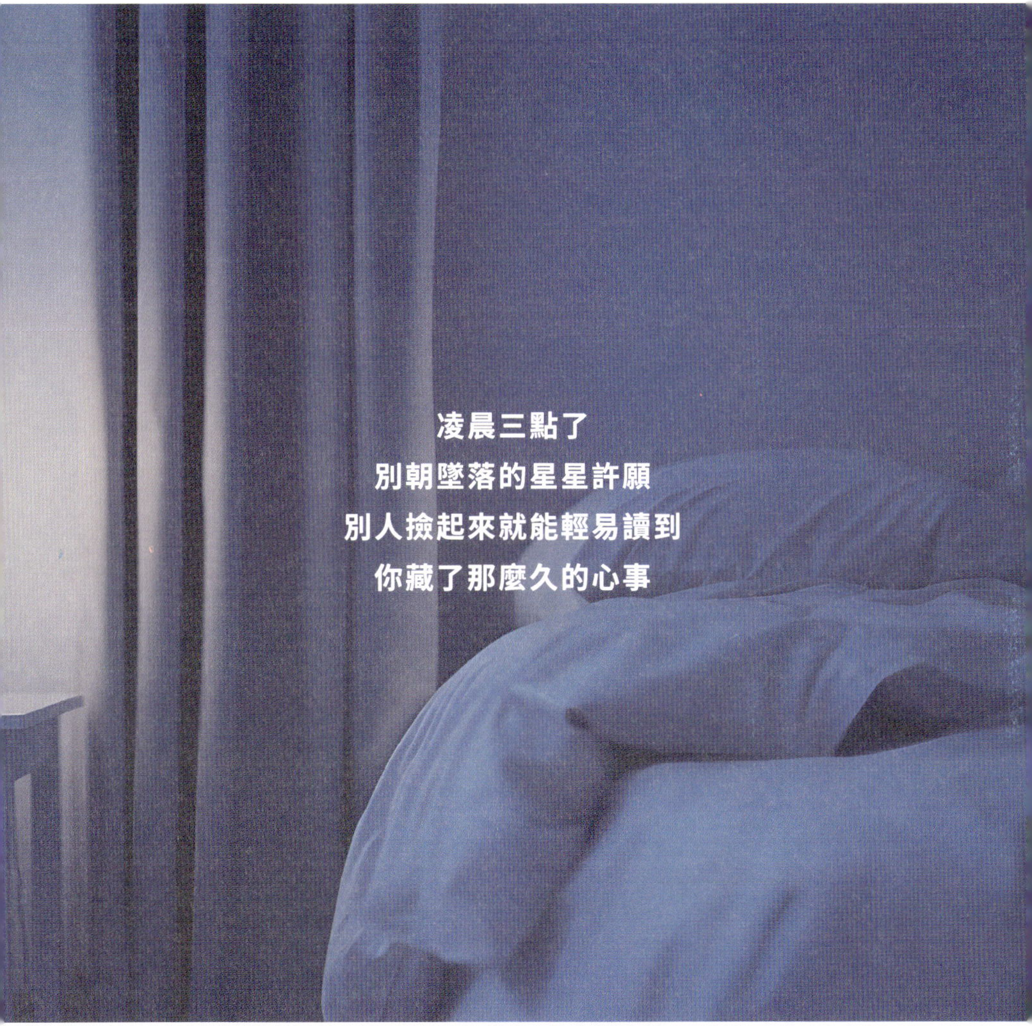
凌晨三點了
別朝墜落的星星許願
別人撿起來就能輕易讀到
你藏了那麼久的心事

3am.talk
14h
陳淑樺 · 問
成年人表現出成熟的官方方式，
是要對所有人保持最後的諒解和禮貌。
Send message...

2
誰說誰的心事誰會懂

大概是從我們意識到自己的脆弱不一定能被誰理解的時候開始，我們慢慢學會了把這些透明的不安用其他的顏色包裝起來，小心翼翼地在光天化日之下偷龍轉鳳，想要在別人嘲笑著你的不堪之前，透過這種光合作用來自我痊癒。

直到有一天，我的自卑遇見了難得願意珍惜我的愛情。我想我們每次悄悄地靠近愛情，都帶著想要被拯救的私心吧！所以我才總會情不自禁地在命懸一線的時候想要從他身上偷走一根強心針，即使我不能毫不忌諱地坦白我所有的軟弱或無能，至少懷裡揣著一根救命稻草，便足夠我逃到一個沒人看得見的角落，用偷來的愛自我包紮、用借來的溫暖自我痊癒。

每一次當我鼓足勇氣決定一探究竟，最後說出口的，卻總會變成一個漫不經心的玩笑。讓人矛盾的是，就連如此渴望愛的我都明白，把愛變得沉重，是眾多種自取滅亡的方式中，最快的一種。

「你愛我嗎？」

但我還是忍不住開口了。有時候我也分不清這是我自救的包裝，還是我單純地想知道，他能不能在我完全墜落之前接收到我的求救信號，用我們之間專屬的摩斯密碼，解讀這句話背後不是在考驗對方有多愛，而是「你爲什麼愛我」。

我堅信，愛意不一定要藏在對視的眼眸裡。如此溫柔的心事，應該被落落大方的我們，娓娓道來。

因爲我相信沒有人願意愛著一個一無是處的廢人，也沒有人能一直憋著所有的愛意在肚子裡隻字不提。所以他若是讀懂了，一定會及時給予回應，在懸崖邊上拉著你說：這一切都是值得的。

但你也不是讀著童話故事長大的。愛而不得過的你打從骨子裡相信愛情的本質可以極其殘酷，多數人的下場，是一輩子都遇不上自己的命中註定。所以哪怕眼前的這個他未必是那個甘願陪你上刀山、下油鍋的人，但萬一呢，萬一他是那個願意在你走近懸崖邊之前就朝你伸出援手的人，雖然不夠愛你但至少懂你，或許你也願意滿足於此。

「當然愛你呀，親愛的。」

你甚至隔著螢幕都能感受到他故意提高了聲調討好你、他的手指卻很誠實地在按下發送鍵之後，下意識地在 Instagram 上繼續翻著他翻個沒完的限時動態。你沮喪地發現，他迎合你的方式，像極了那種一邊受不了你、但一邊又不得不哄著你的客服一樣。因爲你知道，愛情沒有必然，更沒有當然。

這種點到即止的配合，早在你預料之內，卻又還是讓你沒忍住失望了。你忍住了把這種安慰扭曲成敷衍的衝動，但如果我們必須要剖析那種最準確的感覺，大概是你聽到了他這句機械式的「愛你」後面，除了那些掩不住的無奈，還有一聲讓人震耳欲聾的嘆息。

已讀。也沒必要回了。

事情發展到這個地步，提不起力氣吵架卻又得不到心中想要的你，甚至試過用已讀不回的招式作爲無聲的抗議，企圖用這種理應足以讓人心虛的寂靜，讓他後知後覺地察覺到你明顯到不行的不對勁。

原來他始終聽不見你的心事，也看不見你的沉默。

當他選擇了對你的求救訊號視而不見時，我們下意識都會認爲他的見死不救是一種薄情，轉過頭你卻及時打消了責怪他的衝動。你寧願相信只是時機不對，也可能只是言之尚早，畢竟借別人的手，是無法把自己拉出自己親手挖出來的深淵的。別人會說你生性善良，但只有你知道選擇不深究也是一種過分悲觀。理性的你又一次在最後關頭勸服感性的你：

至少他沒說不愛你啊。
讀不懂你的悲傷，又不是他的錯。

我克制著對別人的過分揣測，因爲成年人表現出成熟的官方方式，是要對所有人保持最後的諒解和禮貌。每個人都想被自己的英雄華麗地拯救，可是世界那麼大，再英勇的超人也忙不過來，無法及時救下每一個仰望他的人。唔，大概就是這樣了，如果我們的愛情是一場浪漫至死的電影，出演著女主角的我，最怕的原來是觀眾瞥一眼就能看出我假戲真做，唯獨男主角卻沉浸在劇本裡，近乎浮誇地演繹愛情。

故事總有相愛也有相殺，
但「相救」，永遠成不了經典。

3am.talk
Taipei

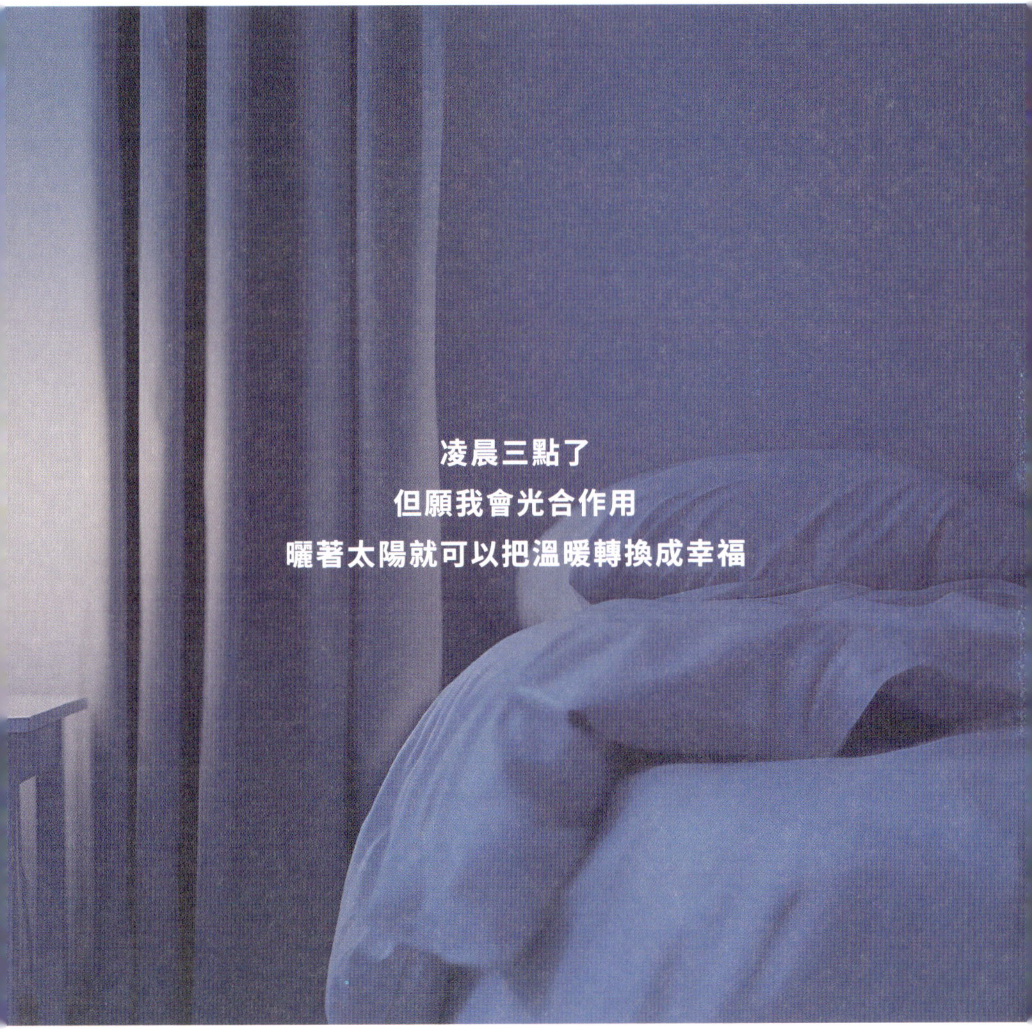
凌晨三點了
但願我會光合作用
曬著太陽就可以把溫暖轉換成幸福

3am.talk 14h
林家謙 · 聽風
深秋的晚風，原來也可以吹來下個春天的好消息。
Send message...

3
風起
又失了蹤

足智多謀的我們鬥智鬥勇，但太多次，我們兩個人最後都滿盤皆輸。我們不夠合拍也沒有默契，所以爭吵就成爲了我們用來強行磨合的工具。長路漫漫，我不求速戰速決，但我必須百戰百勝。爲了一較高低，不惜一切的我們精準地劫持了彼此的弱點，非要等到對方無奈投降才罷休。

「你看我都準備睡覺了，爲什麼你看影片的聲音就不能自覺調小一點？」
「只有你一個人忙了一天需要放鬆嗎？」
「這種基本的東西在你眼裡就眞的那麼難理解嗎？」

不管是爲了自我保護，還是因爲著急想要得到你而產生了勝負欲的緣故，從曖昧到戀愛，我全神貫注地一心只想贏你……不，光是勝利還不夠，我要贏得漂亮、贏得高調。我要高舉著你的芳心、囂張地告訴虧待過我太多的愛情說：你看，我才不是你口中那個沒人愛的 loser。

有些心虛的我也會擔心你早晚會虧待我好不容易交出的眞心，所以我唯有一邊愛你，又一邊小心翼翼地想要猜透你的一舉一動，以及所有潛在的動機和用意。成年人戒不掉的反射條件，是甚至當你深情款款地說愛我，我都未必能說服自己，說那是一種可以盡信的好意。

我們在相信自己可以被愛的路途上越走越歪，不到黃河心不死，我們橫衝直撞地走上了一條只想證明自己可以被愛的不歸路上。

因爲你遇過有人下意識找藉口來轉移視線的把戲，見過那些隨口敷衍你然後過兩天又重複踩在同一片雷區的伎倆，也見過因爲拒絕被約束而馬上豎起了鱗刺來反擊的手段。向來不崇尚打打殺殺的我，其實戰鬥力根本不強，也不是眞的想透過壓倒性地征服你而獲取快感。或者我只是害怕受傷的同時又想靠近你，束手無策的我才會本能地企圖透過傷疤和創口，來辨別自己的同類。

直到有一次，想要透過爭吵去引起注意的我被你無條件又不計較地認同後，眼睛裡沒有一點不甘與不忿的你，讓我第一次意識到那些差點壓死了駱駝的稻草，同樣可以輕易被晚風溫柔地揉碎。

「那我偷偷開一點點的聲音的話會吵到你嗎？」
「不然我戴著耳機看也行。」
「對不起。」
「我只是下班有點累。」
「想看影片但又想在你身邊陪陪你。」

我以爲同樣生性高傲的你我，這輩子都做不到因爲愛你而打從心底願意次次退讓又次次服輸。我不得不甘拜下風，承認你是一個比我及格的愛人：當我在日夜盤算著如何贏你的同時，你竟然有在認真地學習如何愛我。

我們也不是自此就能做到事事都意見一致，畢竟裝滿柴米油鹽的櫃子那麼多，我總能從不起眼的地方找到一些讓人覺得礙眼的芝麻綠豆。我還是會忍不住皺眉又怒氣沖沖地想要找他算帳，但當他沒有任由這一地的芝麻讓我撿到崩潰，而是純熟地撩起衣袖就打掃起來的時候，就好像一隻生氣到準備見人就咬的小貓被抱在懷裡撫摸著腦袋，猝不及防的溫柔讓人一邊擺著臭臉，一邊不由自主地打起了呼嚕。一場腥風血雨還沒來得及造成大範圍傷害，就先放晴了。小貓抬頭看看那片天空，那顆看似洩了氣的氣球竟然安然無恙，奇蹟般地繼續隨風飄浮。

「……」
「那你在看什麼有趣的影片呀？」
「有好玩的東西你居然不打算跟我分享！」

不是凡事浪漫且內耗才算愛，一個人的可愛也可以來自他那些看似斑駁的不完美。

等你找到那位願意陪你聯手對抗世界的人，等你可以成熟地放下舊愛的濾鏡，你過去的那些念念不忘才會得到安息。當初自稱跟你絕配的他們，原來沒有一個跟你的靈魂實際上有過真正的共鳴和切合。你會詫異地發現，那些在你心裡曾經有過特殊地位的某某，現在就連第二最愛都稱不上。有些困惑的你，甚至試探性地摸摸那顆本來已經被傷到殘缺不堪的心臟，竟然早就被人悄然無聲地，用時間與溫柔，一針一線幫你慢慢修補好。

這種後知後覺的醒悟，我權當是一種幸運，慶幸愛神用這種方式爲我護航。我以爲眞愛再遲總會來，但我錯了。愛情始終都站在那個月台上沒有挪動過半步，而我們總會在最宜相遇的那天說你好，然後在最宜相愛的日子說愛你。

天氣轉涼，微微有風。但身旁多了一位願意不說話、靜靜陪你細聽海浪在起舞的人，深秋的晚風，原來也可以吹來下個春天的好消息。

原來贏了你，就不能陪你聽風了。

3am.talk
Taipei

3am.talk 14h
草東沒有派對 · 山海
所愛隔山河，山海不可平。
Send message...

4
我們一起
向山海走去

不年輕的我們誰沒有過去，誰的心裡沒裝載過已經無關痛癢的擺渡人。相處也有一段時間，了解完所有優點，也是時候，好好去了解彼此的弱點了。我想真正的了解他，所以才會好奇地撫摸著他身上每根長短不一的利刺。直至看到他靠近心臟位置有一小塊傷疤，原來堅強如他，曾經也被愛情灼傷到體無完膚。那塊範圍不大卻足以致命的傷疤裡，藏著他不願意再提起的舊事。那是與她有關的無法釋懷。

他們用一去不復返的青春為彼此寫過詩，手牽手去過遠方又一同歸來。晃眼間，他們的故事就像幻燈片一樣在你腦海中不停閃爍。明明是他們的愛情，歷歷在目的卻偏偏是這個毫不相關的你。你分析不來他們實際分開的原因，只能透過一些語氣和表情去推敲，在那場轟動一時的分手之後，他們各自心裡長著一條連深淺都無二的疤痕。連你都不禁會慨嘆，如果你們只是普通朋友，你甚至會情緒穩定地替他們這場潦草收場的結局感到十分惋惜。

「你還會想起她嗎？」

我盡量假裝成熟又若無其事地問道。

手機訊號忽然不太靈光，信號格重複連接了好幾次才恢復正常，訊息在發送中的狀態猶豫了好久，終於還是被對方成功接收。我突然意識到，我怕你那位舊愛就像這些總讓人頭疼的 WIFI 訊號，只要連接過，不管斷了多久，足夠靠近時就可以下意識地自動連上，甚至爲了信號可以一直保持在最快的接收狀態，你會有意識地保護它免受外界的任何干擾。

「這是什麼搞笑的問題？」
「你在擔心些什麼呢？」
「你怕我還喜歡她，還是怕我不夠喜歡你？」

倔強不容許我直率地跟他袒露心聲說我想要的，是他大大方方給過她的愛，是他毫不猶豫給過她的眞心。不過眞相，註定你我這輩子都無從得知。所以得不到安全感的你，竭盡全力想要把他們之間所有的細節，都窺探得一清二楚。畢竟在這種夜裡無人的時刻，誰都曾經屈服在自己的心魔面前，都曾聽到有把聲音在耳邊輕輕誘惑著你。一時失去理智的你就這樣，羡慕過她，恨過她，甚至離譜地想過取代她。

誰又會想到，首先走火入魔又無法自拔的，竟然是我自己。

所愛隔山海，山海不可平。
可是，
有舟可渡，山有路可行。

你怕他也揣摩過李白的《山木詩全集》，萬一不是你在適當的時候用適當的身分出現在他的生命裡，說不定他也想過奮不顧身，爲著要成全那顆想她的心而排除萬難。

「那你爲什麼喜歡我？」

但我畢竟想做個及格的戀人，學會適時地放棄尋根究底，我認爲是一個好情人應有的禮儀和基本的尊重。或許只要他能拿出愛我的證據，我就可以安心把他們相愛過的事實，封存在回不去的過去裡。

「我也說不上來。」

我的心頓時停了半秒，失望是普通失望的二次方。果然，你跟我說過的「我愛你」就像 WIFI 密碼，還沒連上的時候你會一遍一遍不懈地嘗試，但只要你成功連上了，你會覺得再也沒有重複輸入的必要了。

「我喜歡你是你。」
「不是喜歡你的什麼。」

你的眼光太專注在那輪白月光身上，才會忘了你自己的出現，從來都不是爲了取代誰而精心預留出來的備選。所以別太著急地嘗試用一場更轟烈的橋段去成爲上一個人的劇本，別空有一腔傻勁就闖進一場未打先輸的戰役裡。

我們經常誤以爲唯有在一起很長的時間才能被稱之爲刻骨銘心，一定要驚天動地的才是愛，還要足夠轟烈才能對得起自己只得一次的青春。但我們之所以在描述愛情時總離不開那些大起大落和大喜大悲，不是因爲我們有多愛多愛，而是單純因爲：我們其實都比自己想像中更善忘。

我們都栽樹，但我們也乘涼。所以後來有人又加了一句：山海皆可平，難平是人心。

不是所有人都會想要迫不及待地去彌補的。有些東西，錯了一次，你就會學乖了。其實愛情也是同樣的道理，你覺得他不願意爲你赴一樣的湯、蹈同樣的火，就可以總結爲餘情未了且不夠愛你。嘿，但成年人都不是傻子，我們不是一定要愛到雙雙犧牲才能證明自己的眞誠。

好比那對跟你擦肩而過的老人，老爺爺會陪著老奶奶在黃昏時來回散步，但老爺爺也不是每次都會牽著老伴的手慢慢地走，但他不牽著她的時候總會三步一回頭，等奶奶慢慢趕上他身旁再出發。

這些一點都不轟烈甚至平常到不能更平常的畫面，我們卻能肯定愛的存在。持之以恆的細水長流，不也是他能安心託付於你的眞心嗎？這種愛，無關妥協，不是犧牲，也不是將就。就是單純的，你渴望了好久好久以爲自己不可能會得到的，那種愛。

世界上哪有那麼多白月光和無法釋懷，不都是因爲沒有遇見更好的人嗎？碰巧，你就是那個更好的人兒呀。

3am.talk
Taipei

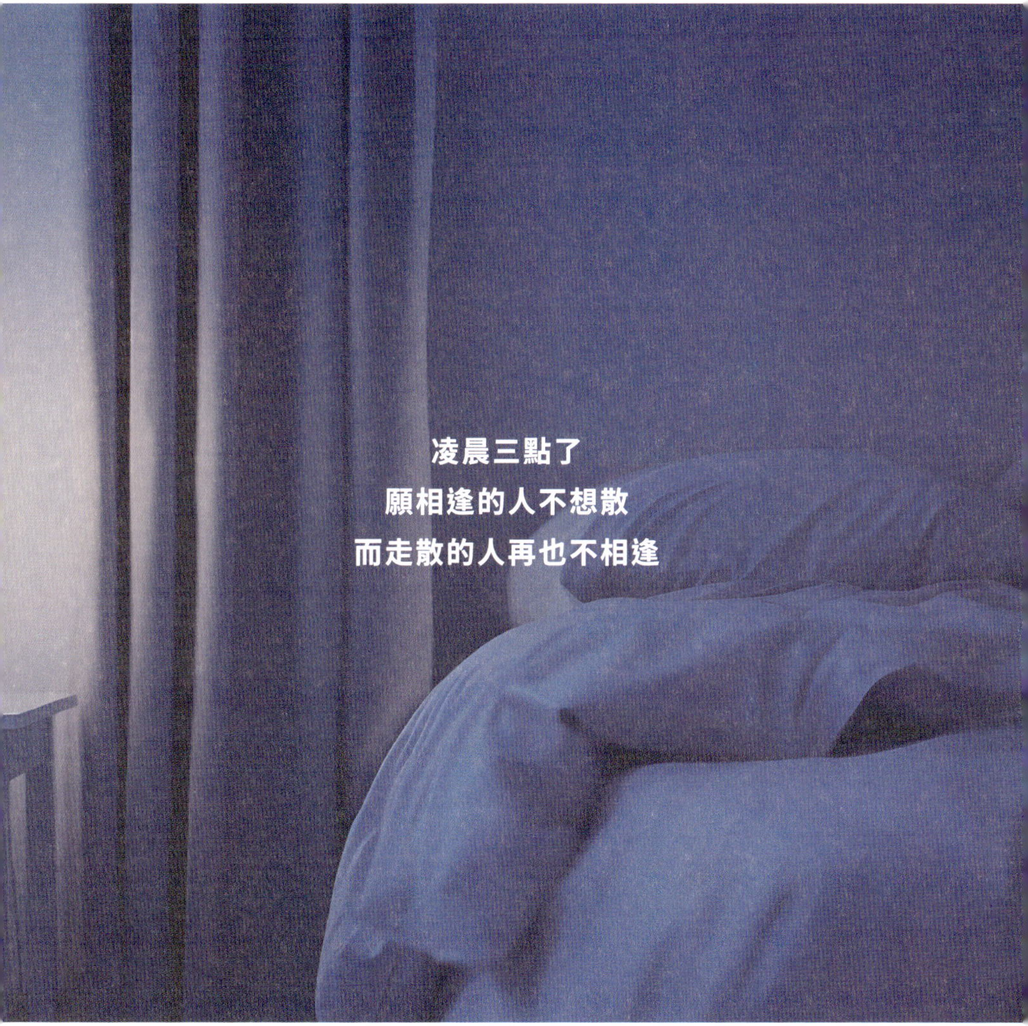
凌晨三點了
願相逢的人不想散
而走散的人再也不相逢

3am.talk 14h
楊宗緯 · 洋蔥
可能愛情，根本毫無意義。
Send message...

5
沒發現也不訝異
洋蔥深處沒秘密

或許成年之後，不負眾望的我們確實比起從前情竇初開的時候更獨立更不怕寂寞了。一開始雖說不太習慣，但一個人待久了之後，又眞的學會了好好享受那種自由自在。我可以說走就走，去很遠的地方，看動人的風景，出入評價極高的餐廳，體驗一切我沒嘗試過的新鮮事物。一切是如此的隨心所欲又了無牽掛。當我一個人都生活得很好的時候，我不得不重新思考，談戀愛的意義到底是什麼。

我很早開始就不相信永恆。習慣了獨立之後，我慢慢戒掉了依賴相信永恆而生存的壞習慣。我能理解分分合合無分對錯，但也是必不可免的常態。對於擁有跟失去漸漸看淡之後，我好像也丟失了一些非誰不可的衝動，我想有一部分的我仍然保留著愛一個人的能力，但我也完全可以自在地選擇只愛我自己。所以愛情的意義，我想無關永恆。

但是愛情總是在我們想不明、道不白的時候闖進我們的生活，而我們對愛情始終抱有太多疑問。

「今晚想吃什麼？」

「我下班順路買點外賣回來一起吃吧。」

我的思緒被連續響起的提示音打斷。直到遇見這位自稱是對的人之後，這個難題豈止找不到答案，簡直是讓我困惑到抓狂。

有時候我害怕過分清醒的自己早已在跌跌撞撞的成長過程中，丟失了體驗愛情的耐性，和相信過程比結果重要的信念。我知道自己是在乎對方的，但我也知道輕易把這種牽掛跟愛掛鉤，跟重蹈覆轍沒有半點區別。

愛與不愛，在這一瞬間，似乎變成了同一回事。

如果我早意識到他想要的我其實一點都給不了，那是不是在糾纏不清之前早早放生對方，才是讓對方得到幸福的正確做法呢？看著自己如此理智又捨得，是不是正好證實了我更適合自己一個人待著的事實呢？

「唔……今天想吃麻辣燙。咪咪辣，多洋蔥，不要香菜。」我在鍵盤上飛快回覆，放下手機之後，我又繼續沉迷在剛剛的困惑中。

如果永恆不對，難道愛情的意義是為了尋找一種精神寄託？像俗話說的那樣：一個人能走得更快、兩個人能走得更遠？但眼看著自己跟世界總是格格不入，我也分不清這算是我與生俱來的孤僻，還是一種自詡清高。我是別人，我都不會愛我，我又何必在茫茫人海裡自尋煩惱，去完成一個不可能的任務。

「爲什麼不要香菜？香菜那麼好吃。」

「哎呀！就不好吃嘛，哪有那麼多爲什麼。」

啊！可能什麼永恆、什麼承諾統統都不是愛情眞正的意義。去他的，可能愛情，根本毫無意義。

我們總以爲有意義才是對的、正確的、應該的。旁人常說沒有意義的事情如同浪費生命，在生活這般的催促之下，我們始終學不會享受無意義的漂浮和放空。

不進則退的退，是退一步海闊天空的退。
在執著於尋找意義的途中，可能我們已經錯過了太多。
心要足夠空，才能承載更多。

就像一頓熱騰騰的晚餐，一陣微涼的秋風，一杯配橘子皮的馬丁尼，以及一張柔軟的床。你對生活的種種嚮往，不一定需要有更深層次的意義。喜歡或許就是喜歡，無關對錯，也不需答案。

可能愛情就像一顆總讓人流淚的洋蔥，
你越想知道它的心長什麼樣，
你越會控制不住淚腺，一邊墮入自證的陷阱裡。

執迷於所謂的核心意義，
唯一能得到的下場只會是你悲哀地發現它原來不曾存在。
精挑細選出來的洋蔥，
可以是餐桌上的主菜，也可以是人生的配菜。
好吃就行，快樂就行。

愛情如果眞的是一顆洋蔥，你唯一的任務，是要做個好廚師。當你剝開一顆洋蔥去一探究竟，它不會給你很多的驚喜；但當你用心去料理它的時候，它一定會爲你呈現它的風味。

好的廚師會想盡辦法讓洋蔥變得好吃，而你也不再是過去那個經驗尙淺的學徒，不用再浪費那麼多個無眠的夜晚，獨自在空蕩蕩的廚房裡，爲了一顆洋蔥煩惱與淚流。

那一刻好吃，就夠了。如果多年後你覺得洋蔥變得不再好吃，但至少在回憶裡那一刻好吃，那就是一顆好洋蔥。

所以你儘管大大方方的去做一個戀愛腦廚師。
去做一個享受生活的戀愛腦，
去做一個喜歡吃飯同時也挑食的戀愛腦。

3am.talk
Taipei

3am.talk 14h
羅志祥 · 幸福不滅
先苦後甜，一定會更甜。
Send message...

6
'Cause I Believe

我曾經固執地認爲人漫長的一生中，苦惱和痛苦的總量會保持不變。雖然沒有既定的人物或情境，但屬於我的每一個劫數，我都躲不掉。我也不是沒有嘗試過用樂觀積極的態度去面對這些風浪，但有時候這些大大小小的劫數一波未完一波又起，甚至我都忍不住懷疑，這爛東西根本就不是什麼冠冕堂皇的歷練。說白了，就是倒楣到家了。

我遇過的倒楣事好像眞的數不清：做飯的時候菜都切好了才突然停電、出門才發現沒帶鑰匙、準備收拾東西回家的時候才被老闆留下來加班、一賣出去就價格急遽飆升的股票、穿了沒幾天就不小心沾到油漬的新衣服、剛認識的新朋友無緣無故就說絕交……明明都是小事，但累積起來，輕易就能將一個開朗活潑的成年人推向崩潰的邊緣。

「天氣預報說明天會下雨呢，怎麼辦？」
「好不容易請了假出門旅遊，這時候才來下雨，怎麼那麼倒楣呀！」

我本來也沒有那麼信命，以前的我驕傲又自信，以爲上天看到我的韌性和堅毅就會對我從容一點。可事實是老天比我更清楚我自己的極限，只要多打擊我幾次，我就會忍不住對自己的能力和信念產生懷疑。人一旦失去爬起來的力氣，上坡，都不過是下坡。

所以我總是下意識地擔憂，嘗試透過降低合理期望來避免再次失望。我對生命的憧憬到達了冰點，是連愛情給我撐腰，我都看不到希望的那種地步。

「哎呀，天氣預報都不準確的啦！」
「明天一定會陽光明媚的。」

我沒有正面認同他的樂觀。我偏執地認為幸運一次只能被稱之為巧合，太早耗盡了所有信念感，再也不願相信任何人的我對自己唯一肯定的是，不幸，才是我人生真正的底色。我不覺得自己被上天虧待，我只是第一次意識到，原來自己很平凡。平凡到改變不了命運，也得不到過多的眷顧。雖然我們不是悲慘世界裡的苦命人，但我們似乎都是命運的棋子，而棋子永遠成為不了贏家。

「你說國定假日會不會人很多呀？」
「找不到停車位的話怎麼辦呀？」

年輕時我們都曾經為自己的理智與灑脫感到無比自豪，怎麼才沒過幾年，我們已經到了不得不信命運的境地中，只能委婉地嘆著氣，負氣地說該來的總會來，逃得了一時，又怎避得了一世。我羨慕那些樂觀的人，他們不容易氣餒也不輕易放棄自己的天真，但我永遠都無法理解他們的底氣從何而來，就像他們不理解，光靠樂觀是扭轉不了命運的。

「信我！」

「只要你保持隨遇而安的心態就一定會有好事發生！」
「大不了我去預支一下我的幸運，回來分你一些就好啦。」
「有我在，你不會一輩子都倒楣的。」

後來，那天出發的時候滂沱大雨，到達目的地的時候卻真的如他所說的陽光明媚。

我相信那天的幸運是他用虔誠打動了心軟的神，而不是倒楣的我終於迎來逆轉命運的機會。但無可否認，我確實被他的隨性給感染了。原來如果你相信你會快樂，在抵達快樂的時候你會得到雙倍的快樂，因為人的信仰也會被記錄在案，願意自救的人應該得到等值的獎勵。

我還不能一步到位地從此就可以再次相信世界。我依舊不相信世間任何美好會為我停留，依然不信世界會偶爾回頭，等待那個不是時刻都想前進的我。

但不知為何，他會。

如果我的痛苦總量早就寫進了我的命簿裡，或許我應該嘗試相信能量守恆定律的原則：堅信作用力與反作用力一定共存，它們方向相反但大小相同。可能我在很早就放棄了相信愛，但愛從來沒跟我計較過。在那一套讓我們失眠了太多個晚上的苦惱守恆定律背後，原來有人用歪歪扭扭的字跡，堅持為我們抄寫了一套能讓我們安心入睡的幸福守恆定律。

所以我們不必太早絕望，我有多相信痛苦的存在，我就有多相信幸福也同樣存在。先苦後甜，一定會更甜。我願意相信你爲我編寫的幸福守恆定律，在我人生這個孤立環境中，我會早早經歷完所有的劫難，然後就能更快抵達有你在的幸福。你等等我，我會把那些本來屬於你的幸福，千倍百倍地送還給你。

3am.talk
Taipei

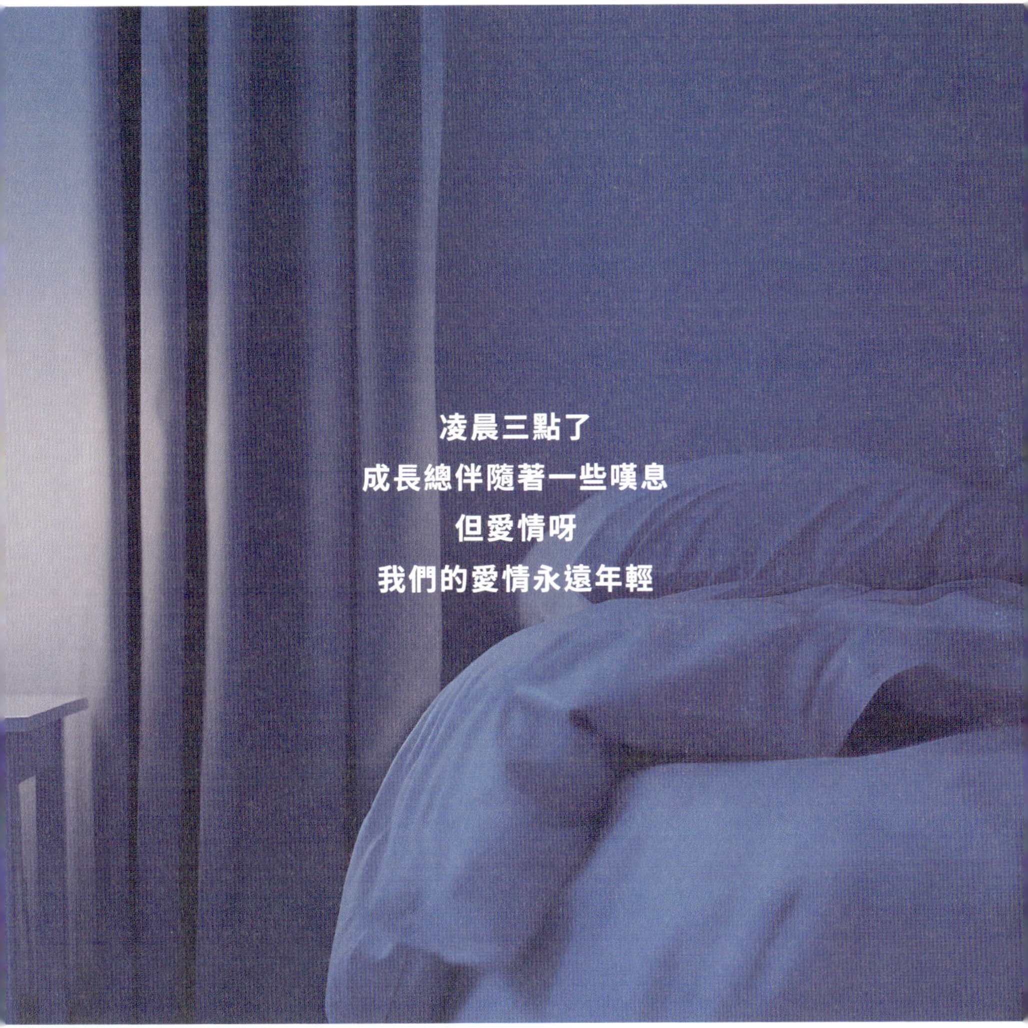
凌晨三點了
成長總伴隨著一些嘆息
但愛情呀
我們的愛情永遠年輕

CAFE
OFDOR

Chapter 2　無話不說篇

有福同享有難退群

朋友是我們自己選擇的家人，
不能跟父母或伴侶說的話，
大部分都寄託給了
這一群亦師亦友的知己裡。

3am.talk 14h
薛之謙 · 紳士
我想我們沒有在一起是有原因的。
Send message...

1
我們的距離
在眉間皺了下

世界上的人口目前大約爲八十一億人左右，在靈魂聚集密度這麼高的地球上，我們總會在漫長人生的早期遇到三兩個跟自己格外合拍的異性朋友。我指的是那些裡外都跟你保持著單純的友誼關係，但是細看之下又感覺異常契合的朋友。我們大概都在無拘無束的年紀遇見幾個好哥們，他們像兄弟一樣保護過你，像父親一樣斥責過你，像一個同頻的靈魂跟你有過相似的共振。

「你今天爲什麼沒來吃飯啊？」
「你不是說今晚有空的嗎？下次老規矩自罰三杯啊！」
「A 君你從實招來！你背叛師門，該當何罪？！」

朋友之間，偶爾也會摻雜著一些富有儀式感的忠誠。關係熟絡到爛透的我們當然知道這種忠貞無關愛情，但在很多旁人看來，當時都是單身的我們即使再賣力去澄清這種關係，也始終會有聲音懷疑過這種程度的曖昧，是我們用來瞞天過海、欺騙衆生的障眼法。

「呃……今天、今天出門忙著扶小女生過馬路呢。」
「今天的馬路不知道爲什麼特別長呢？」

「我怕是今天估計扶不完了，嘿嘿。不好意思啦！」

我唯一能認同的是，能成爲好朋友的兩個人，不管男女，在這段友誼裡一定存在或多或少的欣賞。可能是覺得彼此爲人直爽，可能是欽佩你身上某種能力或才華，甚至在一些旁人不理解的角度來說，你們可能就是剛好彌補了對方的性格或生活裡缺失的那一部分。

作爲一個願意爲你兩肋插刀但又從沒越界的朋友，他義不容辭地替你分憂，聽你分享著不爲人知的秘密。這一切一切，我都可以理直氣壯地歸類爲兄弟之間應有的義氣，但我同樣明白，總是出雙入對的一雙異性朋友，確實容易令人想入非非。

「？！」
「我去，這種大事你居然不跟我們說？？？」
「行行行，你好樣的！」

其實我們都知道，這一天終究會來到的。朋友這個身分一直都只能暫借體溫，等時機一到，連彬彬有禮的紳士都要急急退讓。

「哎呀，不要生氣啦！」
「生氣會不漂亮喔！我可不負責～」

我們雖然有默契地避開最關鍵的問題，但話都說到這個分上了，再裝傻就眞的太不應該了。

我知道這番話的意思是你以後不能再買好咖啡在家樓下等我出去玩了，不能再從百忙中抽空帶我去你上次發現的寶藏餐廳了，甚至連你哪天被心事纏身，也不能再向深夜依然在線的我請求支援了。

這種感覺就好像一個外人介入我們之間至高無上的友情，聽起來確實好像有那麼點惋惜又唏噓。說難聽點，甚至大部分人都會迫不及待地鄙視這種近乎重色輕友的態度。

「……」
「那你打算什麼時候把她介紹給我們？」

但是從客觀的角度來說，再好的朋友也終究只是朋友，而從頭到尾都相信幸福的我們現在各自都有自己的玫瑰需要澆水灌溉，作爲多年的好友，我們又怎麼會膚淺到不了解對方的心之所向？所以請你不要太早感到愧疚，重色輕友這回事大概從一開始就無可避免。在我們心中，友誼的首要任務，從來都只是要替對方保管一些原始的眞心和信念感，等到對方找到了自己的幸福，我們就連本帶利把所有幸福的可能歸還到對方的手裡。

所以他的第一順位不是我也沒關係，因爲他的溫柔應該留給那位將會跟他一起開花結果的女孩。而我也會找到自己的第一優先，就算不一定一次就愛到永遠，但我最終會跟我愛的男孩歷盡千帆，種出屬於我們自己的幸福。

「下次吧。下次一定。」

所以言盡於此，除非我心裡真的藏著一絲不爲人知的愛意，不然我們這段友情被別人標籤爲低級的藕斷絲連的話，就真的太不值得了。

我想我們沒有在一起是有原因的。撫心自問，這些因由從一開始便無關愛情也不涉及任何遺憾。我想我們只是剛好在艱難的人生裡，遇見一個猶如心理醫生般的聆聽者，我們可以在低谷中互相開解和鼓勵，但我們註定要攀不一樣的高峰，看不一樣的風景。

我甚至慶幸我們都是如此的重色輕友，這種默契讓我們知分寸、也懂進退。所以當我意識到你要出發去渡你的情關時，我一定會給你超出正常的邊界感，不打著好朋友的名義去做一些需要解釋才能化解誤會的事情，最後，不干擾也不參與。

嘿，眞正的好朋友從來都是能聚能散，不必太計較友誼本身的長短。

畢竟花有花期，而人有時運。

因爲成年人的溫柔，是允許那些自己在乎的人，
去擁有並追逐一些無關自己的幸福。

3am.talk
Taipei

3am.talk 14h
周杰倫 · 分裂
一個人的靈魂有限，承受不住太多次的反覆切割。
Send message...

2
趁時間沒發覺
讓你帶著我離開

長大後的孤獨，是跟舊人認識多年卻不知對方的近況，是跟新人認識不久卻無法坦白我的過往。是我們相識在更好的時機裡，我卻因爲你不知我的舊脾氣而感到些許生疏。是我們明明花了那麼多的時間去經歷去磨合，但後來我們還是像什麼都沒發生過一樣，不留痕跡地退出了彼此的生活。後來我的圈子越縮越小，小到除了緬懷之外已經無力重新出發，小到想說的話再也找不到一雙適合的耳朵去傾聽。

「嘿，晚上慶功宴老闆請客啊！」
「結束後，你要不要跟我們幾個女生轉場去喝一杯，或者撞撞球什麼的？」

發出邀約的，是公司裡性格最開朗的同事，我很欣賞她的樂觀和認眞，作爲我的同輩，一直以來也很照顧我。

「好啊！」
「我知道仁愛路那邊有一家很棒的酒吧。」
「你覺得呢？」

我覺得，我是應該去的。這種手足同僚之間的交際算不上應酬，爲了以後的發展，偶爾出席這些活動，似乎百利而無一害。

「好主意！」

那一晚，我把喝到醉醺醺的同事們一一送走之後，站在馬路邊吹著微風，終於在得到了自由的這一刻安心地鬆了口氣。儘管我的性格算不上內向，酒局的氣氛也非常輕鬆愉快，但是我始終就是找不到很多眞心想說的話。

仔細想想，還是覺得社交這回事，並非我們想像中那麼簡單純粹。覺得恐怖至極，無獨有偶，我們每個人似乎都像極了《哈利波特》的死對頭——伏地魔。我們純熟地切割著自己的靈魂，每交一個朋友，就把一部分的自己注入這個名爲友情的分靈體裡，毫無保留把一部分的自己託付對方保管。

所以友情的定義，我覺得應該是以信任爲基礎的靈魂交換。

我們會把彼此的靈魂封存在最初相識的狀態，然後手裡緊緊揣著屬於對方的鑰匙，只在每次交談或見面的時候把靈魂從分靈器裡解鎖出來，用這種方式提醒自己，我們都曾經見過初心的樣子，好讓我們在命懸一線的時候用僅存的信念感，撐過一些總以爲熬不過去的日子。

後來同樣的酒局，我沒再去，她們也漸漸不再向我發出邀請了。

成年人的禮節，是學會在對的時候、對的場合，披上對的皮囊。我的皮囊，讓我變得幽默搞笑又帶點神秘的同時，在微醺的時刻也能適時藉著酒勁，感嘆一下彼此靈魂的相似之處。但是這樣的志同道合和無話不談卻只會維持在彼此碰面時，大家都恰到好處地避開了不想外揚的私事，始終不願意別人過於介入只屬於自己的世界裡。到頭來，你跟他們的距離最終只會停留在友好的程度，卻終究沒有足夠的化學反應讓這種關係昇華爲密友。

所以長大後的你不是交不到朋友，只是一個人的靈魂有限，承受不住太多次的反覆切割，不然獨一無二的你會變得太零碎，最後面目全非又滿身裂痕。親愛的，你才不是不討人喜歡的討厭鬼。你只是在跌宕起伏的人生裡慢慢明白到，分裂從來都不是一件稀鬆平常的事情。這個事實，連伏地魔這個眞正的討厭鬼都知道是何其困難。

讓人失望的是，我們越是賣力地嘗試，那些無法倒流的時光似乎每次都會以越快的速度離我們而去。曾經不需要思考也不打算精打細算的事情，在成年之後反而變得不純粹。我們依然善良也不過分計較回報，但下意識還是評估過所有因素，然後選擇了一條勝算最高的路。

但我總覺得，這個遊戲我越是摸清了它的底細，越無法認眞投入。

不再眞誠的社交總會伴隨著一些無力感，讓有趣的靈魂過兩三天便漸覺乏味。所謂的新鮮事，不過也是跟不一樣的人做著同樣的事情。

二十有幾的我們其實一點都不差勁，雖然看似比年輕時多了幾分悲觀和冷漠，那也只是我們清楚知道世上知己本就少，在經歷或多或少的磨練後，沒有想像中脆弱的我們，內心比以前日漸堅韌且強大，不再需要也不必再依賴一些毫無養分的陪伴。

當我發現自己可以不再介懷這種常態時，經過了太多次的分裂之後，是時候要學會一片一片地，重新把最初的自己拼湊回來了。我們一定會等到那一天，等到我們學會與自己爲伍，我可以重新擁有很多不同版本的我，眞眞假假，但他們都終究是我。

當我們把所有分靈體全部湊齊，
交朋友這回事就可以成爲一種選擇，
而不是一種需要了。

3am.talk
Taipei

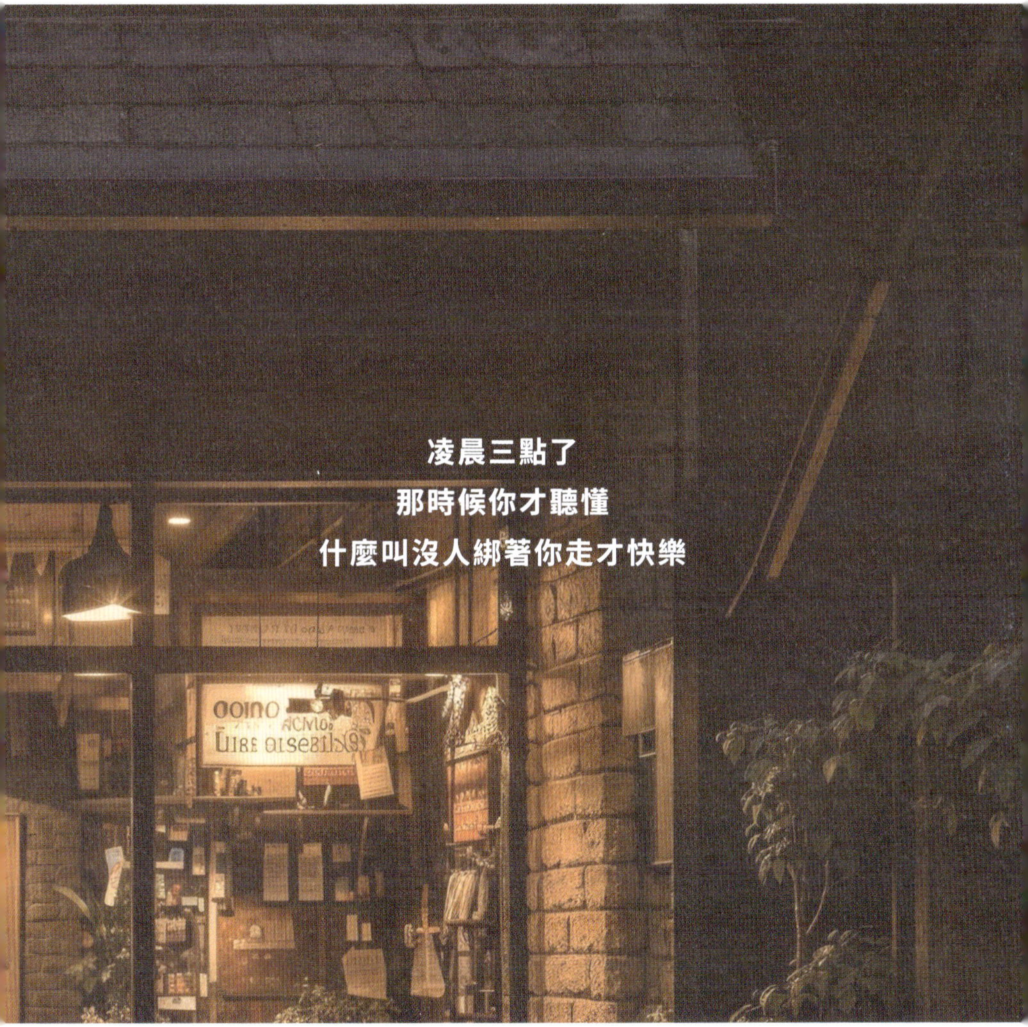
凌晨三點了
那時候你才聽懂
什麼叫沒人綁著你走才快樂

3am.talk 14h
周杰倫 · 斷了的弦
朋友嘛, 從來都不會挽留你的。
Send message...
LYNNS TRAVEL

3
斷了的弦
再彈一遍

誰曾想到成年人之間最被低估的離別方式，竟然大部分都是由搬家開始的。

「怎麼樣？搬到倫敦都快三個月了吧？」
「一切都還順利嗎？」
「你快看看你什麼時候放假，我過來找你玩呀！」

我們每搬遠一點，原本編織在一起的緣分就變得鬆散一些，然後漸漸變回兩條平行線的我們就像十字路口的分岔口，再解開最後一個交集點之後，我再順路也繞不到你遠去的方向。萬一我們不再刻意地安排見面，往後就真的不會再見面了呢？

「拜託！你都沒看我瘦了嗎？」
「一邊兼職一邊寫博士論文不是想像中那麼容易好嗎？」

我們的生活模式會慢慢圍繞著新的規律而改變，我沒再去你家附近的美容院，聽說你在新的城市裡也沒怎麼練球，反而改去健身房了。然後除了新的習慣，我們各自的圈子也慢慢在轉化。生活的步伐從沒停下，我在反應過來之前已經在原來的軌跡上遇到嶄新的人際關係，自此改變我們對世界本來的認知。

所以友人一走，通常就是很遠，亦是很久。

「對了，」
電話的另一頭傳來一些雜音，好像是好友突然想起要翻找些什麼。
「阿福！」
「過來！跟你阿姨打個招呼！」

我沒及時藏住自己的愕然，短短數十天，我好像已經不再認識這個相識多年的好友。

滿身衝勁的我們最流行一夜間決定說走就走，出走的理由各有不同，不管是為了家人、為了自己、為了事業……二十幾歲的靈魂總有著超出自己預期的適應力，在不足數月的時間裡，就已經安頓好自己的容身之所，適應了不同角落的時差，又忙著挖掘新城市的種種美貌。看著不停向前的他們各自體驗著不同版本的人生，而我看著還在原地的自己，有那麼點手足無措。

「喵！」

作為一個要為自己而活的成年人，身邊的朋友都不約而同地長出了一種無畏的冒險精神。尤其在大學畢業之後，俗話說人各有志，我又豈敢輕易忘記人與人之間的分寸感：沒有誰跟誰的宿命是天生就被綑綁著的。如果世界上眞的存在一種甩都甩不走的緣分，我想那不過是一個死結，一段孽緣。

恰恰是因爲世間本無永恆，人們才會趕在結束前、離開前、凋零前，學會欣賞和珍惜，或者我應該說，學會盡興。

但作爲相識多年的故知，我下意識的反應還是很捨不得他們，畢竟我們都曾經在夜裡毫無保留地袒露過自己的脆弱，在枯燥的日子裡給對方推送過好多無厘頭的迷因，在變化無常的青春裡一起度過了許多畢生難忘的時刻。

「你他媽的！嚇死老娘了！」
「我還以爲你從哪弄出個兒子來了！」

雖然感性的我大概一輩子都無法對這種離別完全不感冒，但我想，我不至於惱羞成怒地在這種時刻急著否定我們的友情。十字路口畢竟不是一個死胡同，這裡，似乎不是友情的終點。大概是我還沒走到自己的公車站，你的火車已經提早靠站了而已。每個車站、每個月台如果都象徵著各人的人生轉捩點，我想「離別」，可以變成一件沒那麼難接受的事情。世界之大無奇不有，假如今天要決定自己去留的是我，難得來到了月台面前我想我也不甘心不上車，如果能抓住一個去看看遠方的列車，我想誰也不願做一隻井底之蛙。

朋友嘛，從來都不會挽留你的，只會罵罵咧咧地替你收拾行李，然後轉身給你一個大大的擁抱，最後笑著把你往門外推。

後來的後來，不愛冒險的我最終也成了背著行李遠走他方的那個人。在踏上列車的那一刻我感到意外的溫暖，不是迫不及待想要逃離舊生活，也不是因爲馬上就要獨自離巢的新鮮感，而是幸好這些年來身後有著這些三五好友，他們教過我做人的分寸、爲我增加了足夠的自信、也補足了我所有從前欠缺的底氣，我才能勇敢地朝著未知的領域前進，身上披著銳不可擋的氣勢在他們看不見的地方縱橫馳騁。

如果我非要說，在千萬種人際關係裡，陪你度過了漫長歲月後依然選擇留在你身邊的朋友，應該是最希望你飛得最高最遠的那一個。因爲朋友是我們自己有意識地選擇的家人，我們沒有血緣也沒有海誓山盟，我們只是單純地，希望對方好。

所以眞正的朋友才不會拘泥於形式，不是我們要星座契合才能讀懂彼此，不是固定要每半個月吃一次飯才叫朋友，不是事無大小都要像個三歲孩子找媽媽一樣才叫親密，不是我們一刻不說話就暗示了這段友誼的破裂。

形形色色的友誼，或遠或近，或濃或淺，但我們總會找到最適合相處的模式。

3am.talk
Taipei

3am.talk 14h
南征北戰 • 我的天空
GSIX
這裏好多好多人，
我這輩子大概都不會再見了。
Send message...

4
I Wanna Say Goodbye And You Want A New Life

打開通訊軟體的訊息列表，我們來看看你被哪些人記在心上。聽說越在乎你的人，他的訊息框，越會時刻徘徊在前三的序位。

「你大概幾點回來呀？晚上會下雨，要不我去接你？」
「『號外！新型騙局又來了，十個人遇到九個人會上當，誘惑性很高！』」
「我跟你說，我一早就覺得他們不合適，分手是早晚的事啊！」
「等晚點客戶確認過之後，有空去企劃那邊商量一下接下來的計畫吧。」

以我爲例，首當其衝的當然是愛情，其次是總擔心我被詐騙的媽媽，然後是斷斷續續聊著各種八卦的三兩好友，最後⋯⋯你沒看錯，正是暗示我週末要回公司加班的混帳老闆。

再往下翻，就剩一堆只記得名字的人了。在通訊錄裡，多的是這種不濃不淡或者忽遠忽近的人際關係。他們在我心裡的分量遊走在陌生人與友人之間，舉棋不定的我，姑且稱他們爲過客。雖然我們也不完全是零交流，但相識多年又始終稱不上朋友的陌生人，除了過客，我想不到有什麼更貼切的身分可以形容他們了。

有時候我會懷疑上帝在創造人類的時候，忘了給每個人配備一本人際關係說明書。在衆多的群體動物裡，好像只有人類的基因裡多了一種bug：如果我們互相認得、叫得出對方的名字、大概了解你的爲人，我們就會試圖把「陌生人」這串編碼反覆琢磨，然後一次又一次的，想要把這個身分理解成「朋友」。

每當我孤身一人坐在人來人往的咖啡廳裡，喝著跟上次一樣的咖啡、聽著店裡一樣的喧嘩、看著窗外一樣的風景，我總忍不住想，這裡好多好多人，我這輩子大概都不會再見了。或許對著這些陌生的面孔，我們仍然可以保持這種通透與瀟灑，欣然接受這種分秒都在發生的離別。但是對於那些曾經靠近過我們的過客來說，似乎就沒那麼自然和大方了。不知道你沒有看過一部日本電影《還會與你相見三次》，男主角征史郎和女主角玉木楓各有一種超能力，都能在每個人身上看到一個數字，一個代表著餘下見面次數的數字。然後見一次，數字就少一點。

這部電影，讓我傷感了許久。雖然我們看不見那些虛構的數字，但恰恰就是因爲看不見，反而更不知道該從何時做好離別的心理準備。我忍不住想，身邊那些與我只有一面之緣的陌生人、我在乎的朋友、守護著我的親人、說著我們至死不渝的伴侶……所有人際關係好像最終都會離開，最終都會淪爲過客。

你說男女主角能看到這些數字，是一種超能力，還是一種詛咒呢？我們既可以因爲有了這種領悟而斷掉一些無關緊要的七情六欲，也可以趁機擺脫很多世俗眼光與束縛，一心只爲自己服務。但我想，不愛乘人之危的我們總會爲這種眞實且殘酷的覺悟，在鬧市中忍不住恍神。

「崔西？噢，好像是之前同學會見過的那個崔西⋯⋯」

「傑森？又是一個傑森？我手機裡到底有幾個傑森啊？」

可能是我們都太感情用事了，才會希望可以善待每個跟你有過交集的人兒。感受過不求回報的幫助的你知道，那些微不足道的舉手之勞，有時候眞的可以輕易改寫一個人的一生。殊不知善意向來只能分享卻不能付出，但分享的底層邏輯，是我們不害怕缺乏，才可以眞正的給予。

我依稀記得我們曾經一度相處得十分融洽，當時交談甚歡的氣氛跟最後我們隔了半個世紀都不聯繫一次的現況，形成了一種讓人有點不太自在的落差感。有多少關係從頭到尾都只停留在相識卻不相知，哪怕相知也不一定等同相惜的程度？翻著深不見底的通訊錄，我想，少說都有幾百個。

我想，我們在見面的時候無話不說，不見面的時候沒話想說，便是很多人窮盡一生去理解的疏離感。我們要學會珍惜身邊的人以及跟他們一起浪費的時光，然後呢？這似乎是一門人生中的必修課，在生命這個旅程中，總有很多可控的與不可控的因素，讓我與我所認識的大多數人都漸行漸遠。是天意也好，是人爲也罷，世界的規律說，有近便總會有遠。

「我應該沒那麼早結束呢，你休息一會吧，晚上我們一起出去吃飯？」
「媽！你又在看一些什麼亂七八糟的推文？？？」
「你上週沒看到她的 IG 嗎？她都已經答應他的求婚了耶！」
「老闆⋯⋯企劃週六不上班⋯⋯」

在成長的過程中，我慢慢理解了距離是什麼。就猶如漫天繁星，他們各有各的璀璨，我不必把他們摘下，也不必當作他們從未存在。在百萬光年的距離外，我學會感謝，能有這漫天繁星來點綴我的天空，而在這天空下，我將繼續我的旅程，並期待著下一次軌跡的交會。

人生如逆旅，我亦是行人。

3am.talk
Taipei

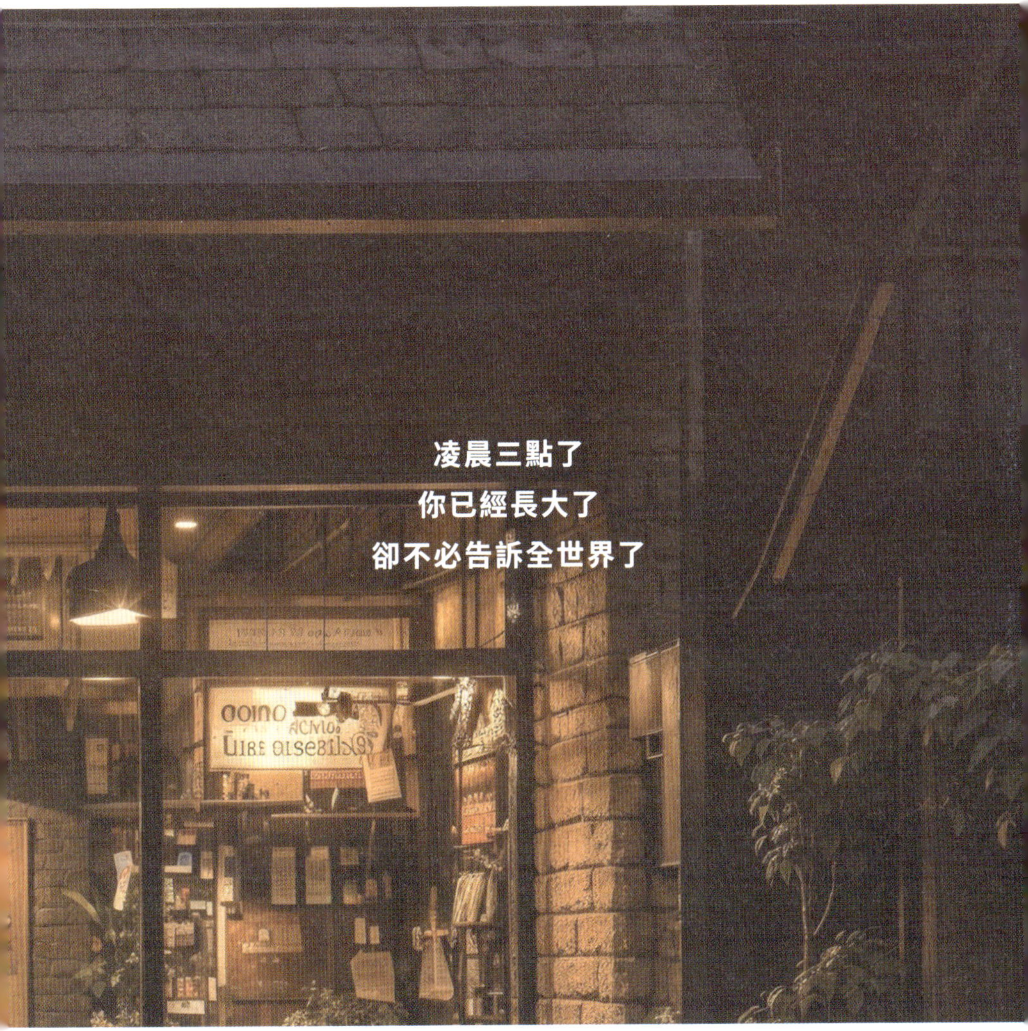
凌晨三點了
你已經長大了
卻不必告訴全世界了

3am.talk 14h
周杰倫 • 牛仔很忙
我想熱愛、我想奔跑、
我想跌倒了之後記得世界依然美好。
Send message...

5
我雖然是個牛仔
在酒吧只點牛奶

幼兒園的老師總說小朋友要善良，所以我每天的任務就是一邊喝著牛奶，一邊似懂非懂地學著如何樂於助人、盡量不撒謊，還有什麼是施比受更爲有福……我們從懂事的年紀起，就被動地立下了要做一個好人的意願，因爲壞人都不會有什麼好下場。

年幼的我們不記得好人的成功是如何被測量，但卻清楚記得火箭隊的武藏和小次郎每次都被揍得能多慘就多慘。所以爲了逃避這些不好的結果，我們還沒認清自己的模樣之前，已經要硬著頭皮學會循規蹈矩，帶著一個好人的身分度過餘生。多年後，我們理所當然地成了一個不壞的人，也理所當然地成了一個不太快樂的人。

你還記得有段時間，我們明明相安無事但終日抑鬱寡歡嗎？我們很清楚要懂得付出才能收穫等值的回報，但偏偏再努力的我們只能得到一個勉強及格的分數。所以我們著急地躲在人群裡，因爲我們深信作爲一個不那麼壞的好人，只要合群，便一定會被接納。

猶如西部對決中的牛仔，
槍之所指，

演繹著所謂的快意恩仇，
也或許更應該叫做身不由己。

不知從哪一天開始，那個厭倦了對決的牛仔不想做好人了。小時候的他，不過是一心只想救人才學會了舉起槍來。長大後戴上帽子騎著馬，想要浪跡天涯出發去鋤強扶弱之際，別人卻攔著他說不決鬥的牛仔不是一個好牛仔。我們的天性被這樣的社會和周圍的人打壓著，被迫認同那套歪理，開始懷疑是不是要贏了一場又一場的決鬥才配叫做好人？

「姐妹們，你們覺得我算是一個好人嗎？」

我帶著沉重的情緒默默地向群組裡的朋友們求救。我知道做一個好人很難，我甚至只是自私地害怕成爲壞人的後果，才想當個不用受罪、不用被唾棄的好人。可是這樣的我，又怎能眞的成爲一個眞眞正正的好人呢？我怕很想跟我說實話的她們其實一早就想勸我回頭，只是礙於想要支持我一切的決定，當時才會默契地選擇了沉默。

「哦吼？你想洗心革面了？」果然了解你的人才不會在這個時候假惺惺地安慰你，而是給你一巴掌，讓你自己把眼淚擦乾淨才會提醒你：堅強的人，才值得擁有別人的理解。

爲了不辜負世界而背叛自己，是一件壯舉，也是一件悲劇。或許以前的我覺得這樣的犧牲可以換來一些美好，但善良總會被人欺，如果這種善意會被人視爲軟弱，那我更不願意讓他們輕易得逞。看來我充其量只能是個不及格的好人，既然如此，那我還不如大大方方做一個不被理解的自在人。是好是壞，能被欣賞與否，都他媽的不重要。

做好人太累了，我不想做別人眼中那個懂事的孩子，我想做那個敢愛敢恨、不怕反覆試錯、勇往直前但又依然善良的人。我想熱愛、我想奔跑、我想跌倒了之後記得世界依然美好。

「不是說女人不壞、男人不愛嘛？」
「不信你去問問他們，他們可喜歡壞人了。」

聽到朋友這樣說，我沒忍住笑了一下，或許這就是物以類聚——我跟我的朋友們都這麼愛逃避問題。又或者，不夠自信的時候只要我們足夠幽默，有些問題就可以不再是問題。

這個時候，氣氛已經比剛才輕鬆了許多。自己到底是個好人與否，此刻我好像也不再需要更多的答案了。

世界有好多規矩，而我們也有很多局限。我們害怕做一個徹徹底底的壞人，說穿了就是我們自己對壞人本身也有偏見，因爲壞人會被討厭，會被人排斥，會被人遠離……所以我們才會在活得舒坦和活得長久之間，猶豫不定。但這次，我想通了。

在喧鬧的酒吧裡，點一杯牛奶又何必在意別人的眼光？

策馬奔騰，
只爲了看盡這世間的風光。
挺身而出，
只爲了我眞正相信的善良。
心之所向，
才是指引我前進的光亮。

其實我一直都知道，好人跟善良，它們並不是同義詞。善良，變成了我最自豪的能力。它支撐著我前行，告訴我不需要人潮接納我，因爲我在人海裡找到了自己。我相信，世界上每一個善良的人，都是一個勇敢而強大的人。

「你別聽她的，我跟你說，男人的嘴都是騙人的鬼！」
「你自己開心就好。」

3am.talk
Taipei

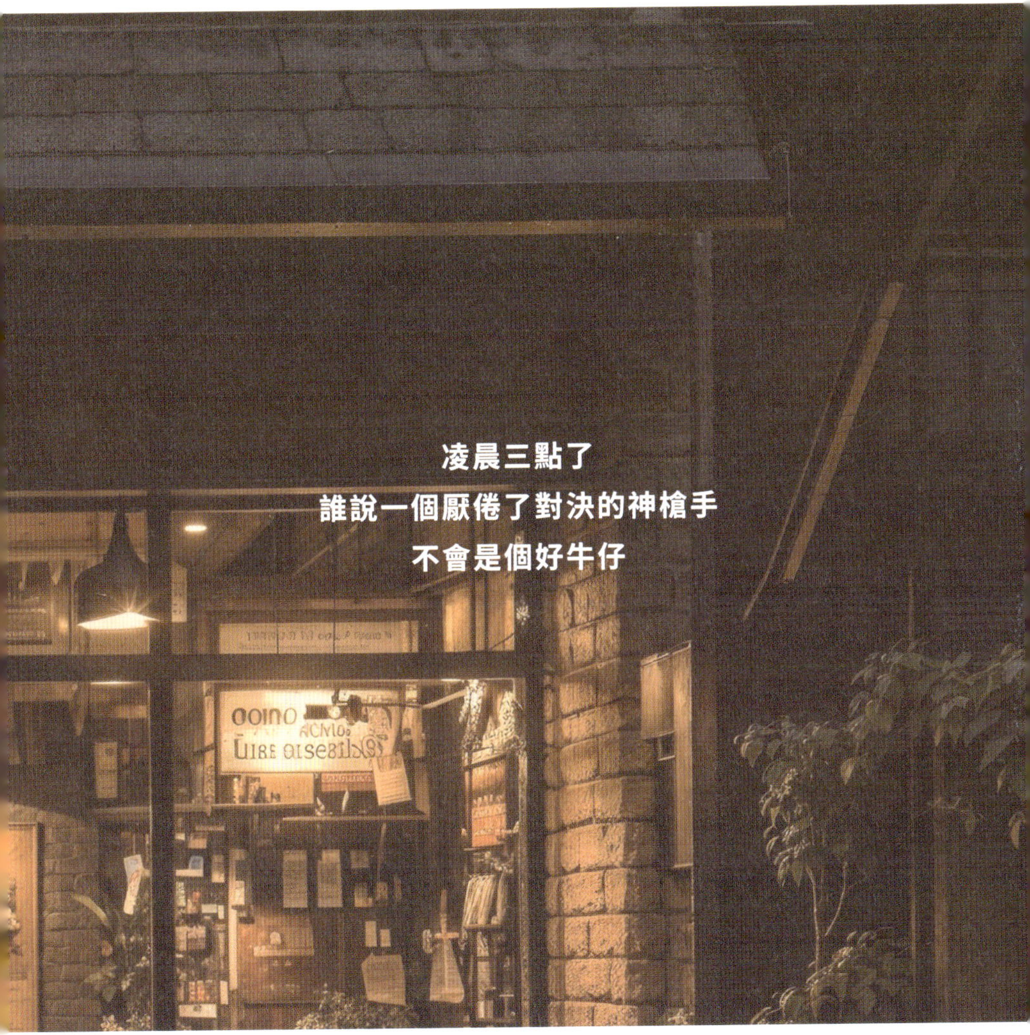
凌晨三點了
誰說一個厭倦了對決的神槍手
不會是個好牛仔

3am.talk
14h
周杰倫 · 暗號
思來想去，寫好的配文刪了又重寫，一遍又一遍。
Send message...

6
任何人都猜不到 這是我們的暗號

我們生長於一個通訊發達的年代裡，有了花樣百出的社交軟體作爲輔助，我們可以秉著燭光……啊，不對不對，是可以秉著手機螢幕閃爍著的消息通知，在這顆星球上隔著最遠的距離，用最短的時間，說最多的話。

我們從早期能看到別人在聽什麼歌曲的 MSN，聊到一個月幾千條的手機簡訊、Facebook 的留言、用來關注別人時刻動態的 Instagram、還有那個連續互動天數屢創新高的 Snapchat……那天不知道是誰跟我說的冷知識，我才知道 1GB 的聊天記錄大概包含了約七十五萬字元。以前要說的話好多好多，雞毛蒜皮的事情都可以是樂趣，每件事的細節都要花上半天的時間，描繪到讓人無法曲解的地步才肯罷休。

事過境遷，我想就連友誼長存的定義，在這個數位時代裡也漸漸有了不一樣的解讀：大概是有了網路之後，友誼的興衰更迭統統都被牢牢刻印在網路的記憶裡，再也不能任由我們說忘就忘，即使眞的久久都沒想起這些舊人與往事，社交媒體都會在明年的今天提醒你要回顧一下去年犯的傻。

久而久之，我們不再像十六七歲的時候什麼事情都發到社交平台上，也不再用最直白的方式，抒發著那些現在別人聽起來除了矯情就別無他意的情緒。所以即使我們依然外向，還是不由自主地學會了有意識地保留：說話漸漸變得更含蓄，文案漸漸變得更委婉，就連配圖也漸漸變得更抽象。

「哎。」

我百無聊賴的翻著自己相簿的照片，企圖尋找一種乍看以爲是圖文不符，但細看內有乾坤的方法，去詮釋自己的心情。但是拍來拍去，多好看的照片我都沒有衝動接二連三地上傳了。

思來想去，寫好的發文刪了又重寫，一遍又一遍。

去天邊，
看日出日落，年復一年。
海角前，
繞著眷戀，提筆，無以成眠。
世間緣，
界境中糾纏，圈復一圈。
流雲念，
浪拍崖岸，落筆，卻已擱淺。

傳送完這則限時動態，我賭氣地關上螢幕，躺在床上跟自己打賭，看看身邊的人到底能把我心事猜個幾分準。

當一個人意識到沒有誰能百分百的去理解自己以外的任何人時，他身上就已經完全退去青春的顏色了。所以矛盾的我一邊吝嗇過多的解釋，一邊又期待有人能一針見血地識破我那些自問不算複雜的謎語。但是當辭不達意成爲了習慣，後來我都開始分不清，這些話，我到底是想說給別人聽，還是想說給自己聽。

「大晚上的別裝文青啦。」
「想看海、想流浪是吧？」
「走吧？想去水湳洞還是四季長廊？」

成年人大概就像藏在人海裡的一個秘密特工，都喜歡在最顯眼、最喧鬧的地方上傳加密訊息，心思縝密地留下了一條毫不起眼的線索，等著身分不明的知己前來對接。然後一眼就察覺到事有蹺蹊的同伴用暗號試著解密，待密碼被成功破解和接收，我們用三言兩語便交換完核心訊息，再三確認安全之後才敢放下防備，用眞面目示人。

「你是第一個猜到的欸！」
「朋友，看不出你文字理解力還挺高的呢。」

成年人除了各有各的難言之隱，更多的是無法解決又逃避不了的問題要面對。我們掙扎求存的方式，大概就是一邊用這種加密方式遮蓋自己的弱點，同時又用最低頻的聲波發出信號。等到得到回應的那一刻，我們才能喘上一口氣，才能鬆一口氣。年輕時活力四射又高調做事的我們大概會覺得遺憾吧！但坦白說，大部分成年人的情誼，就是這樣用最微弱的存在感、最不起眼的氣息，互勉著彼此。

「廢話。」
「要出去玩就直接跟我說就好了啊。」
「搞那麼多花樣，萬一我是文盲怎麼辦？」

我想我心裡早在文案成功上傳的那一刻，做好了沒有人能讀懂它的心理準備。只要你的訊息足夠委婉，覺得你語無倫次的人自然會敬而遠之，而在乎你的人，哪怕方法笨拙也會用盡他能想像的角度去讀懂你。或許嚴格來說，我這位朋友其實只猜對了一半。

比起一切，我只是想有人懂。

3am.talk
Taipei

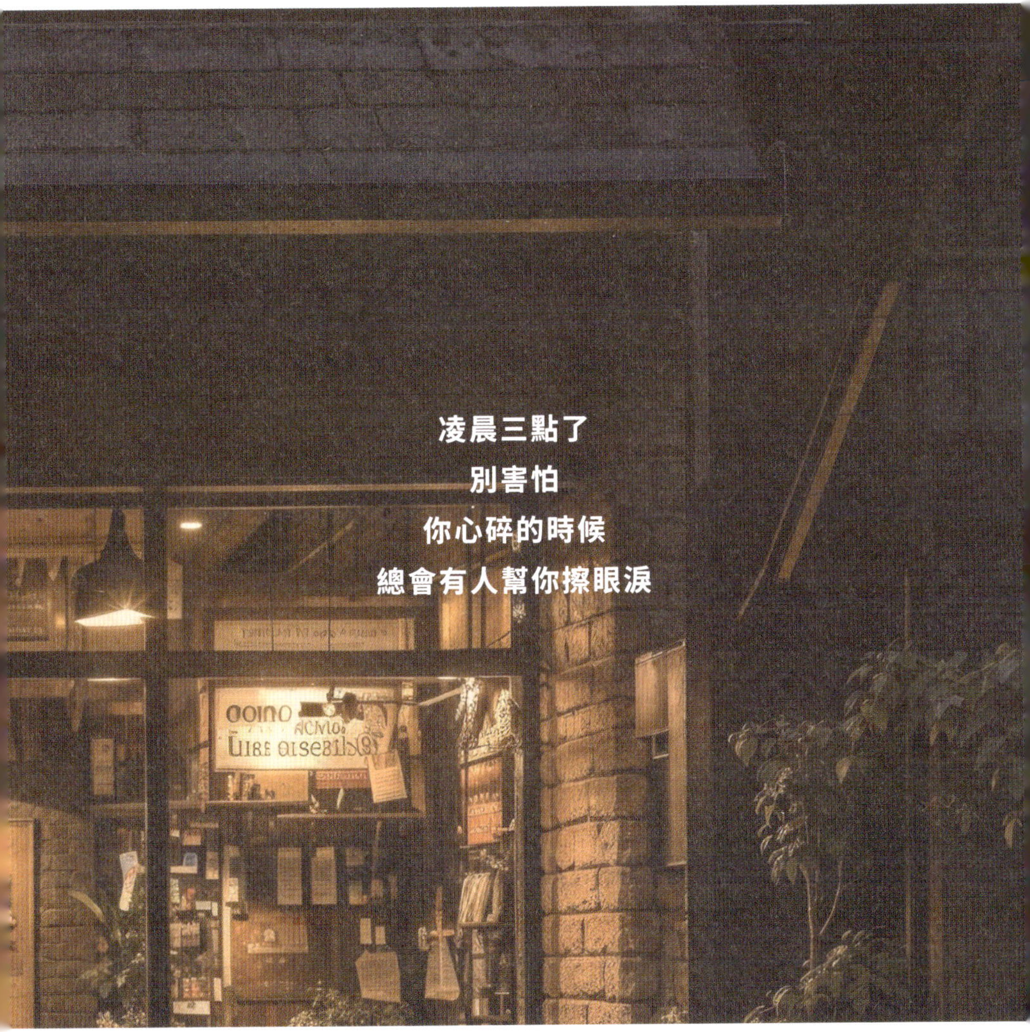
凌晨三點了
別害怕
你心碎的時候
總會有人幫你擦眼淚

JAPAN AIRLINES

Chapter 3　報喜不報憂篇

相親相愛一家人

我怕辜負了他們，
會變成我一輩子裡最難以釋懷的愧疚。
原來跟家人的相處，
從懂事開始已經進入了倒數。

3am.talk 14h
方力申 • 天與地
我們咬著牙也希望自己可以活得足夠體面，
殊不知我們也離那些可持續的快樂越來越遠。
Send message...

1
命運像火樹銀花
仍難完好無缺

親人親人，聽人們說這層血濃於水的羈絆，可以讓我們跟親人很自然地相互親近又容忍。或許我們都是帶著這種期許去對待至親，才會讓我們反而有很多事情無法坦白，在意見不合的時候也顯得格外的猙獰和無可理喻。

「啊啊啊！爸爸救我！我最煩就是下樓丟垃圾了！好讓人抓狂啊啊啊啊啊！煩死了啊啊啊啊啊！」

「哎，看看這孩子，這性子是眞像你媽啊，簡直一模一樣。」爸爸搖頭又嘆氣。

「胡說！我什麼時候這樣說過了。」不過一會，媽媽緊接著爲自己洗清冤屈。

直到成年後的某天，我後知後覺地意識到自己跟父母是何等相似時，才眞正明白到原生家庭對我們的影響，其實遠比我們想像中更有威力。與其說它潛移默化地塑造了我們現在的性格，不如說我們從原生家庭繼承的，更多是性格品質裡的具體特徵。我們在安然無事的時候依然還是完全屬於我們的自己，承載著自己本身的天性與色彩，但當我們要面對那些接踵而來的無常時，我們在舉手投足裡表現出來的反應、方式、強度，其實無一不是用他們的神髓，在你我被狂風巨浪吞噬之前，下意識拋出去的錨在演繹這段本該屬於我們的人生。

好比我們逃避事情的速度，在底線被觸碰後的自我保護，退讓過後急劇下降的焦躁，對於新事物的抵抗或接受……原生家庭帶給我們的影響就像某種默認的設定，在我們意識到自己必須做出改變之前，似乎從未想過要質疑它的合理性和實用性。

其實我們不得不承認，我們跟原生家庭的關係多數都是一邊抗拒，一邊被薰陶。

長大之後我很渴望擁抱，儘管小時候爸媽對我也不差，但我們從來都不擅長開口表達溫柔。我也盼著自己有一天可以出人頭地，儘管爸媽說人活著快樂就好，但是我知道我的快樂解不了他們的擔憂，唯有成功到萬無一失，他們懸著的心才能安然地慢慢放下來。

二十多歲的我們，被生活掐著脖子掙扎了好久。因爲想成爲別人的驕傲，所以小時候拚了命去熟讀那些後來再沒派上用場的三角函數。因爲不想自己的平凡成爲別人的失望，所以長大後以爲多了自由就可以隨心所欲的我們，毅然轉身投入了日以繼夜的工作。我們咬著牙也希望自己可以活得足夠體面，殊不知我們也離那些可持續的快樂越來越遠。

坦白地說，自己雖然談不上裡外都成熟穩重，但至少也是一個可以獨立思考且生活也能自理的成年人。可現實是我們越是年長，底線似乎越容易被各種芝麻綠豆般的小事觸動。我們都在絕望之地重新相信過那些差點要了我們命的歪理：努力不一定有回報，付出不一定有收穫，解釋不一定有人懂，吶喊也不一定有回音。這種悲觀揮之不去，大概是我們覺得自己就像一隻大半輩子都在追著胡蘿蔔的小驢，給牠綁上胡蘿蔔的是我，折磨自己的也是我。

就像身體裡住著兩個截然相反的自己。一個理智清醒，一個依然天真依然爛漫。然後他們偶爾會互相瞧不起對方，但當同情心氾濫的時候，他又會為自己的無能為力而更心疼那個無法被拯救的另一半。

即使跟自己相處了二十幾年，但我想，我跟你大概都沒有想像中那麼了解自己。我們卡在了進退兩難的局面裡：沒有重新開始的本錢和勇氣，也沒有堅持下去的理由和毅力。但是想要逆風改變自己，就不能在高昂的代價面前猶豫不決。人生沒有重來，但是幸運的話，你的一輩子依然很長，總有一天你會發現，其實小驢也沒有那麼喜歡吃蘿蔔，而你每天都有機會可以做出改變。

所以找不到答案的時候，不如先找找你自己。

「孩子啊，你都搬出去住了，爸爸也不能為了幫你丟垃圾，大半夜開車去你家吧？」

「要不，我幫你找找清潔公司的電話？」爸爸一臉認真的樣子，我都不知道他是真的想要幫我解決問題，還是故意調侃我的潔癖。

「離譜！丟個垃圾而已，自己丟！現在就去！」就像大多數的家庭故事情節，總是在媽媽的一聲聲催促之下，迎來沒有任何變數的結局。

長路漫漫，有人爲你在黑夜裡點燈，有人爲你引路護航，但最終只有你能在命運的大河裡，擺渡你自己。

3am.talk
Taipei

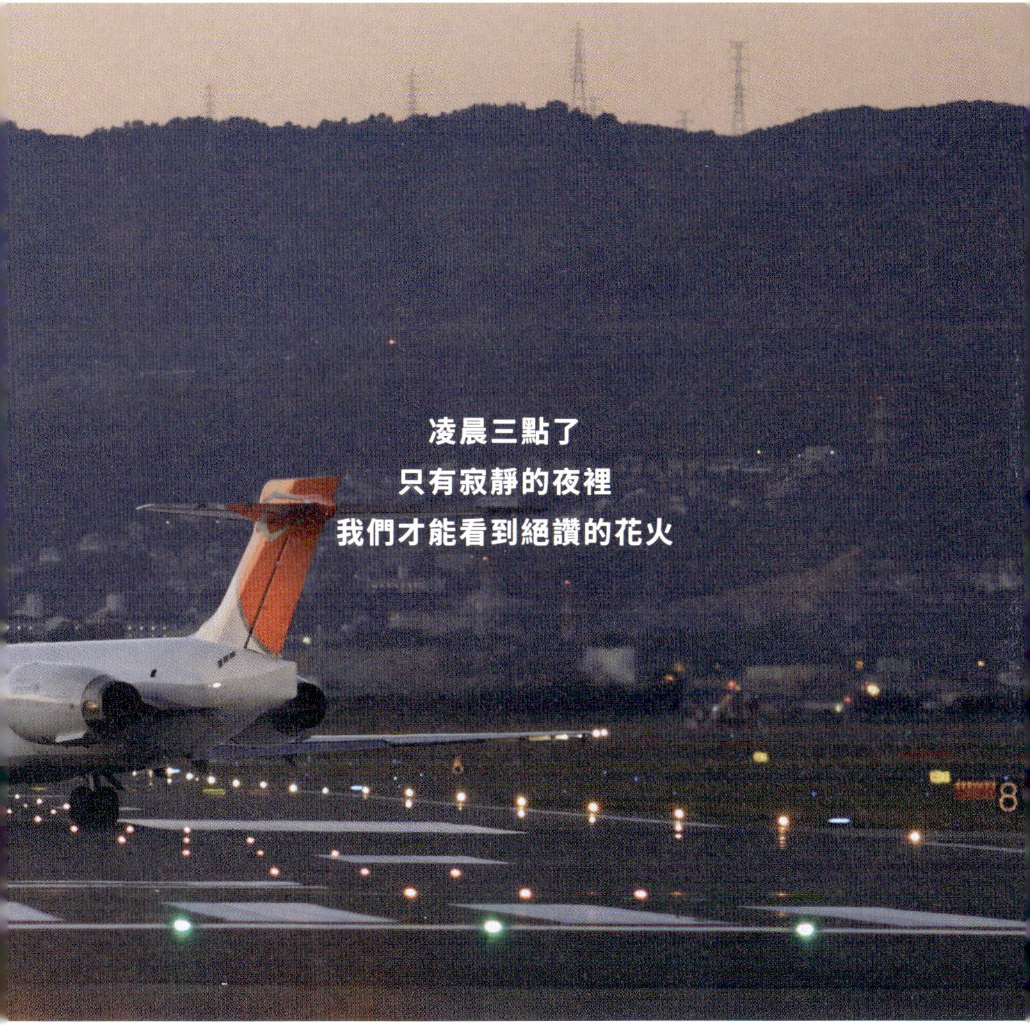
凌晨三點了
只有寂靜的夜裡
我們才能看到絕讚的花火

3am.talk 14h
Twins · 風箏與風
或許第一次切身感受到自己的成長，
就是在這個當我發現世界根本不以我為中心的時刻。
Send message...

2
我將乘著狂風
天空中愛的英勇

我們年幼的時候都曾經暗自決定要做一個完全屬於自己的自己，迫不及待甚至拚了命都想要擺脫父母的影子。不了解他們的固執，不想重蹈他們的覆轍，也不願意一輩子困在這種大戰隨時都會一觸即發的窘境裡。所以滿腔熱血的我們總有很多天馬行空的幻想，每天都在另闢蹊徑，渴望活出不一樣的人生。

「週末早上跟我們去喝頓早茶，然後晚點我跟媽媽一起送你去機場吧。」明明我都已經快三十了，爸爸說得卻像是要送三歲的我去幼稚園一樣。

「沒事，你們忙你們的就好了。我自己叫 Uber 去也是一樣的。」

「還是我們送你吧。一個女孩子自己叫車多不安全。」我從他的語氣裡甚至能看到他皺著眉的模樣。

「放心吧，我平時在外面不也經常叫車嗎？你們好好喝茶去，放一萬個心，不用操心我啊。」

年少輕狂的時候，我總是一邊想要長出一副讓爸媽驕傲的模樣，一邊又想肆意地擁有不被拘束的靈魂。我們的煎熬在於，這似乎還是一道二擇一的選擇題。

所以無論是颶風或龍捲風，我都想乘風而去。即使前路未明，即使頭破血流，風箏用翺翔做藉口，只想離開那個長滿樹根的根據地。

我想，我們都一樣，後來還是毅然選擇了勇敢地遠走高飛。

「把你的錢包護照都收好，老是丟三落四的。」
「穿上你的外套，仗著年輕不好好照顧自己，以後難受的是你自己！」

終於又來到了分別的這天，爸媽一如既往地把他們的關懷演繹成容易讓人誤會的叨叨絮絮，我不禁覺得，長不大的不是我，而是這對加起來已經過百歲的父母。

「哎呀知道啦、知道啦！」

外面的世界很精采，所有好的壞的、快的慢的、認識的不認識的、應該的不應該的……源源不斷的新鮮感，讓我們毫無顧忌地拋下了多年以來的安全感。我們在車水馬龍裡遇上形形色色的人，在紙醉金迷裡喝過好多名字比味道更酷的酒，在詩情畫意裡淋過幾場只屬於青春的雨。但在體驗著這些瘋狂之前，我們卻太快地迎來了現實的碰壁。正所謂初生之犢不畏虎，讓我們一度自信地認為，這花花世界的美好不僅符合我們的想像，甚至超越了我們的期待。

後來呢？橫行無忌的我還是被現實狠狠地收拾了。用自己的快樂作爲代價去體驗人間冷暖，才明白人群散了不一定能再聚，酒醒了就最怕衝動惹事，雨停了只會開始感冒。那些青春夢還沒滋潤透我自由的靈魂就已經乾涸，那些以爲可以輕易駕馭的人生竟然早早敗給了世途的險惡。

看來「不聽老人言，吃虧在眼前」這句話，還是要親身體驗後才能讓人心服口服。

「那個……要不，下次有空你們來找我玩？」
「現在有駕照了，可以開車帶你們到處轉轉啊！我租的房子靠海，媽沒事可以去曬曬太陽、爸也可以去釣釣魚之類的，多好！」

那個曾經只嚮往遠方的孩子還是忍不住想家了。他手裡拿著一隻破破爛爛的風箏，就連帶回家的時候都只敢狼狽地藏在身後。我想如果青春可以重來，我還是會選擇帶著風箏、背上行李，整裝出發去冒險。但是如果你問我有沒有後悔過什麼，我只能嘆口氣，甚至不知道該從何說起。

後來我發現，我才不是風箏，我是那個在青草地上放風箏的孩子。爸媽也不是我以爲的那根束縛著我的線，他們是那道讓風箏飛到天上的清風。我以爲是那根線的束縛才讓風箏飛不遠，但原來沒有那根線，我手裡的風箏就會變成一架紙飛機，一架註定會反覆墜落又要無奈起飛的紙飛機。

「就這麼說好了啊，過兩天我幫你們計畫啊！」
「我走了啊，你們快回去吧。」

我果然是爸媽的孩子，跟他們一模一樣，都習慣在不會表達感情的時刻，選擇了叨叨絮絮。

原來家的意義，是爲了回來可以有人分享。小時候以爲是分享快樂，但除了快樂，好像分享這些難得一聚的時間、分享各自在外面遇到的趣事與見聞，已然足矣。

或者在內心深處我依然還有一個風箏夢，
以後有風的地方，
我想我都可以飛得比上一次再高一點。

3am.talk

Taipei

3am.talk 14h
陳奕迅 · Shall We Talk
方式可能一開始錯了，但至少此刻，心意終於明瞭了。
Send message...

3
But We Should Talk

離開家的那一年，我二十五歲。我記得那個早上提著三個大箱子，搬去一個沒有朋友更沒有家人的城市。我很快適應了這裡勞碌又多姿多采的生活，但三年過去了，我好像每次都在風平浪靜的夜裡特別想家。

大概年少的我都不曾想到，連流浪詩人都有想歸家的一天。

在平日裡我們可以相處得融洽自如時，我會慶幸所有讓我們都身心疲憊的摩擦與爭吵，還有讓人咬牙切齒的不忿與憤怒，全都只是過眼雲煙。在大愛面前，喜怒或哀樂統統都是讓我們往後更強大的磨練。

「過來喝湯吧！」從小在香港長大的我，家裡一直延續了廣東人愛喝湯的習慣。如果戴歐尼修斯（Dionysus）是古希臘掌管葡萄酒的酒神，那麼我媽大概就是他的同門師兄弟，掌管著我家今天應該喝什麼湯的……湯神。

「今天喝什麼湯啊？」

「夏天濕氣重，今天煮的四神湯啊！」

可有相愛就有相殺，在我每次跟家裡發生衝突的時候，都覺得那些美好是自己的錯覺，認為彼此的命運從自己出生那天就註定是與生俱來的相剋。後來我頂撞他、他不理解我，這些詞不達意最後都成為了我們各自抹不去的烙印。

「怎麼又是喝四神湯？」
「我要喝番茄雞蛋湯！」
「很多雞蛋、很多蔥花的那種！」

我們都有過叛逆的時候，在無數的爭執和沉默裡，不乏對家人有諸多不滿和隔閡的時候。在我們眼中那個惜字如金的父親和那個對我們要求甚高的母親，對於那時少不更事的孩童來說，要從他們的言語行為中分析出溫度來，是一件比登天還難的事情。

還記得我們十幾歲的時候不聽父母言，卻總愛戴著耳機聽歌的日子嗎？我們喜歡用這種方式聽著自己的心聲是如何被道出，彷彿要在耳機的另一邊，才能找到世界上唯一能理解我們的聲音。不知道你有沒有聽過陳奕迅的〈Shall We Talk〉，小時候只覺得這種矯情不過都是荒謬，我無法原諒父母對我造成的傷害，又怎麼可能選擇去主動低頭跟和解。

但是 2001 年發行的歌，我到 2024 年才聽懂了。

原來林夕筆下的螳螂和蟋蟀都是同根的昆蟲，卻始終因為各自的差異而不能共語。嗯，把詞不達意形容到這種地步，我若是再把所有的過錯繼續推託到父母身上，大概連我都無法原諒如此不成熟的自己。

在外闖蕩的這幾年，我偶爾會有主動打電話給爸媽的衝動，想要問問他們的近況和變化，聊聊我最近所有的如意和不容易。想跟他們說說那些未曾說出口的心事和那些不知該如何言語的感激，但等電話撥通後，我又不知道該用什麼開場白，才能把這些情感轉化成說出口也不彆扭的人話。

所以我堅持，一年最少回家一次。

不知是哪一年的哪一天開始，爸爸的身影從以前的模糊但高大，到現在滿頭白髮又瘦削，我才知道什麼是偉岸如山。可能我們都躲不過要用二十幾年的時間長大成人，在理解生活艱難且做人不易之後，才學會把媽媽那些滔滔不絕和喋喋不休都翻譯成一句句的愛。

過去將近三十年的磨合在一夜之間，變成了一場讓人會心一笑的鬧劇。

到了今天，每次回家爸爸都堅持早早去機場接我，然後一手拖過我的行李，一手拍拍我的肩膀說回來就好。一進家門，還沒看見媽媽的身影就先聞到熟悉的飯菜香，仍在廚房忙碌的媽媽讓我先坐下喝口湯，而已經成年又懂事的弟弟在把盛好的湯遞給我之前，自動把我碗裡的胡蘿蔔默默挑走。

「媽，你今天煲的湯好好喝喔！」

「明天再幫我多煮點吧！」

原來愛的盡頭，是總覺虧欠。

那一刻我好想哭，恨不得立刻坐上時光機，回到以前頂撞爸媽的時候，對無知的自己打上兩巴掌。

我沒想過有一天我會發自內心地明白你的用心良苦，你也能站在我的角度讀懂我所有的不容易。可能一開始的方式錯了，但至少此刻，心意終於明瞭了。

我們都在成長的路上，用踉踉蹌蹌的步伐度過一些看似平凡普通又漫長的日子，回首一看，才發現我們已經攙扶著彼此，走了好遠好遠。

3am.talk
Taipei

3am.talk 14h
鄭融 · 紅綠燈
LOOK RIGHT
望右
LOOK LEFT
望左
理解別人，也是放過自己的一種。
Send message...

4
抬頭往前去
對面行人如此匆匆

修讀心理學的四年裡，people watching（觀察人群）占據了我絕大部分的時間。世界上沒有相同的兩個人，因此透過分析他們的互動和行爲，我們不僅可以推斷出人物特徵，甚至能看到一個家庭、一個社會，甚至一個時代的影子。

有人低頭看手機，有人左顧右盼，有人身體前傾、做好了橫衝馬路的準備。

每個在十字路口等綠燈的行人，互不相識也互不干預。綠燈亮起的瞬間，各自出發，有人步伐匆忙，有人穩如泰山，交錯的軌跡其實朝著不同的方向前進。人的志向會帶他們去往不同的地方，但我們的目光往往只聚焦於終點，卻忽略了每個人來時的路，同等重要。

在衆多源頭之中，我還是覺得原生家庭帶來的影響是最深遠的。

曾經有很長的一段時間，我都活在前男友留給我的陰影裡。我不理解相處這麼久的時間，即使看起來那麼不自然，血脈還是會驅使他回到各自既定的角色，好端端的一個人在靠近自己的原生家庭時，竟然變成一個完全陌生的模樣。他從平時的溫柔與獨當一面，突然染上了我未曾見過的悲觀和優柔寡斷。我對這段結尾一直耿耿於懷，已經到了一個無關愛情的地步。我們的感情在爭吵中結束，我不斷反思自己的問題所在，但最令我耿耿於懷的，是他明知不妥，卻仍順從家中的指示，說出一些至今我仍無法認同的話。

「你能不能不要總打斷我說話，什麼都是你覺得、你說了算、都要聽你的。行，我閉嘴、我什麼都不說，總可以了吧？你又覺得我沒主見、沒氣概、不夠主動、也沒別人上進和優秀，對不對？！」

「⋯⋯」
「在你眼中的我，眞的是這樣的嗎？」

那時我們相處不算長久，新鮮感都未消退，甚至連意見不合的階段都不多。我對這番話的憤怒大過不解，只能理解爲他對我的指控。而就在這過程中，我逐漸明白，我們在有限的接觸裡，無法眞正理解一個人。

什麼是理解？理解並不區分對錯好壞，意指我明白作爲這種身分、來自這種背景、擁有這種價值觀的你，會做出這樣的選擇。但理解並不等於認同，同理心也不意味感同身受。

直到多年後他講述自己原生家庭一點點崩裂的故事，我才體會到他作爲孩子在這種環境裡的無力感。他的父母互相指責、爭奪撫養權，把所有不如意都歸咎於孩子身上。我明白了，後來他辜負了我，並非因爲我不夠好，而是他無法跨越自身的軟弱。那一刻我如釋重負。在確定自己能夠坦然放下的前提下，有時我寧願選擇體諒人性的缺陷，相信他曾眞心待我。只是我們各有各的軟弱，跨不過去就是跨不過去，這種遺憾裡，我們彼此都已竭盡所能。

「你也不容易。」

內心複雜的我，唯一能說的也只有這幾個字了。

當我明白「家家有本難念的經」是每個人最大的身不由己，我彷彿一下子理解了他們的動機，釋然了所有的執著與不解。既然反省與自我限制無法讓我們徹底擺脫原生家庭的影響，我又怎麼能理所當然地要求身邊所有人勇敢挑戰，明知力不從心也要選擇最正確的道路？

我的正義感不停地催促我朝他伸出援手，給予他爲自己而活的勇氣，讓他有機會打破困擾他整個童年的枷鎖。我停在這個路口看著指示燈由紅轉綠，又在綠燈倒數著結束之前，還是狠心轉身離開了。

在這個人來人往的渡口裡，
到頭來我也不過是一個愛莫能助的旁觀者。
對面的馬路再怎麼吸引你，
不是我們的終點就記得要重新出發。

我們都想做個稱職的好人，總是迫不及待就想跟身邊所有人交換手裡全部的理解和同理心。但請你做個自私的好人，尤其當我們泥足深陷的時候，理解別人，也是放過自己的一種。成長本來就是件難事，它所需要的勇氣和付出也不是旁人可以理解。有時候我們無法理解一個人突然的轉變時，說不定恰好是他們正在歷劫之時。

你也有你自己要渡的劫，別人的劫就讓他們自己去承受吧。

「都過去了。」

3am.talk
Taipei

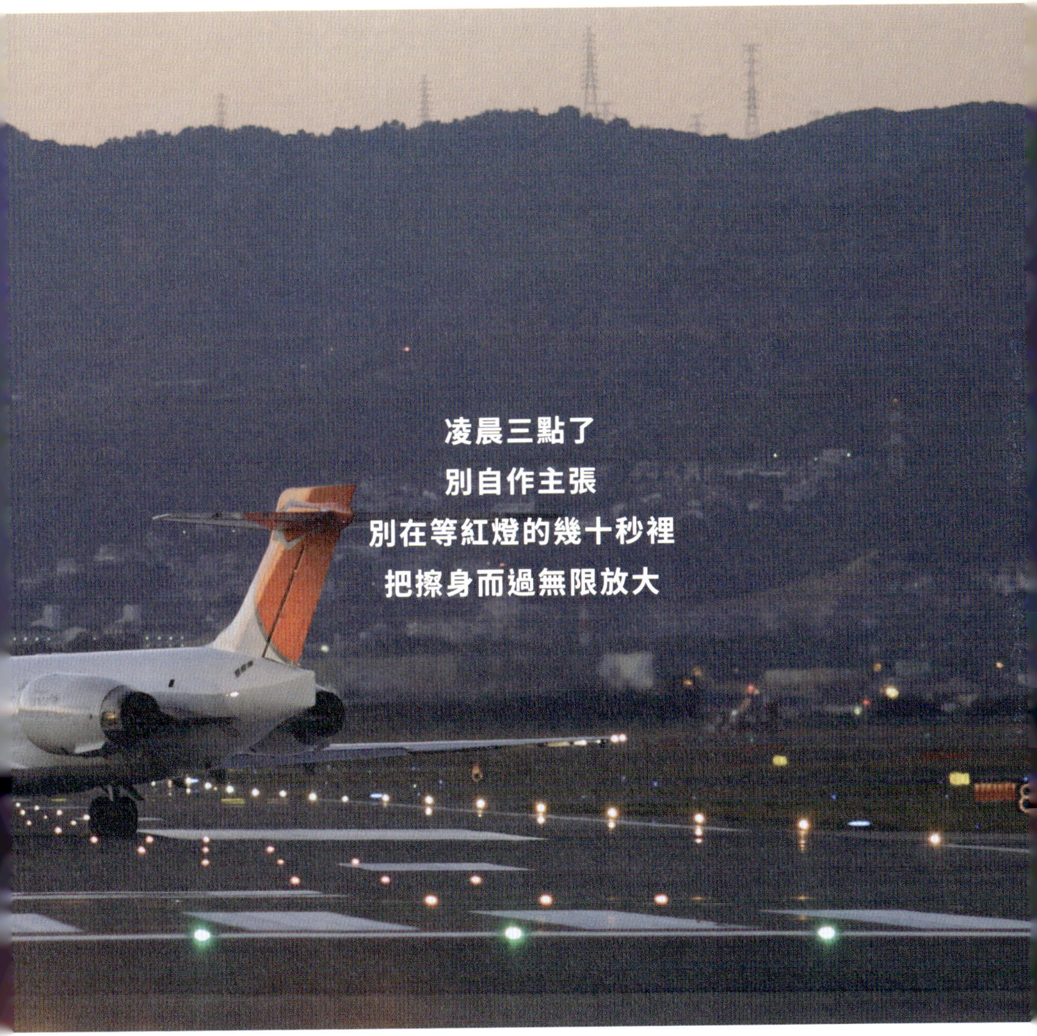
凌晨三點了
別自作主張
別在等紅燈的幾十秒裡
把擦身而過無限放大

3am.talk 14h
袁詠琳 · 畫沙
或許艱難, 或許痛苦,
但我很慶幸自己不曾放棄。
Send message...

5
午後的風搖晃枝椏
抖落了年華

一個盛夏的午後，一盆翠綠的盆栽，和一個不耐煩的我。誰能想到我沒有體驗過舉杯邀明月的浪漫，卻還是能在太陽的照耀下對影成三人呢？

「我們今天要出去幹活了，你幫我們照顧一下院子裡的盆栽吧！」

「我怎麼知道該怎麼修剪盆栽啊！」

「不懂就上網查一下！好不容易回家一趟，幫家裡做點事！別每天都這麼懶！」

不情不願接下家庭差事，是所有孩子必經的成長之路，帶著幾分無奈，似乎怎麼躲都躲不掉。那些瑣碎的任務，在我們的不情不願中，意外地成了成長路上的必修課。

但小時候，哪懂得那麼多。

當時只知爸媽的「盛情」難卻，我也唯有默默地打開搜索引擎，盡力的試圖透過陽光，閱讀著螢幕上模糊之間顯示著的盆栽修剪攻略。相對簡單而定期的維護修剪，需要減去妨礙造型的枝幹，並剔除一些多餘的樹葉，這樣才能更好的幫助新葉的長成。而最困難的往往都是結構上的塑形，無論是剪去或留下那些粗壯的枝幹，再微小的決定都影響深遠。這可是一門複雜的學問，不僅需要定義心目中理想的整體造型，也需要猜測未來的成長方向，而剪去之後，或許就沒有了回頭的餘地。更有甚者，修剪的季節也有它的講究，初春或是晚秋，在生長季節之前才是最好的時機。

就像人生中的很多事一樣，說起來容易，做起來卻很難。放下了手機，我凝視著盆栽，而盆栽也凝視著我。不知如何下手的我，也只能先坐在一旁，看著盆栽，試著回想爸媽以前是怎麼修剪它的。

望著眼前的盆栽，我的思緒不由得飄回到那些年少的記憶。年少時的我總是急於擺脫家庭的約束，渴望自由，總認爲世界上有更多值得我去探索的地方。然而，隨著歲月的推移，才發現自己心中仍然深深地依賴著這些家中的回憶，依賴著那些與父母一同度過的平凡時光。也許正是這些回憶，成了我人生中的根基，支撐著我在外闖蕩的信心。

想著想著，離家多年的我不禁回想起曾經的點點滴滴，那些成長中的畫面碎片。就在那一剎那，很神奇的，我感覺自己與眼前的盆栽連結了。

父母的一舉一動，在潛移默化中，讓我認識了這個世界，這便是我的根。這些盤根錯結的根系，影響著我的價值觀，與我的信念。

我的根，
支撐著年少的我，
衝破了頭頂的土壤。
也依舊在支撐著成年的我，
繼續的成長。

而根系，也並不是一盆盆栽的全部，日復一日的照顧，修剪的決定與時機同樣很重要。年少的時候，我就如這盆栽一樣，在父母的照顧下成長。他們幫助我學習做人與做事的方法。

不可避免的，
他們的修剪，
是根據他們心中，
我應該長成的樣子，
也幫我剪去了，
他們心中不合適的枝椏。

而如今，當我長大成人，這盆栽就交到了我們自己手中。我也從此有了機會和能力，對它進行修剪和調整。青出於藍，而勝於藍，這是我的信念。而爲了這個信念，我後知後覺的發現，在長大的過程中，我曾一次次的主動拿著剪刀，修剪著自己的枝椏，調整著枝幹的方向。這個過程回想起來，或許艱難，或許痛苦，但我很慶幸自己不曾放棄。爲了自己心中美麗的綻放，也爲了當自己有了子女的時候，能當一名更合格的園丁，亦或更貪心一點，當一名藝術家。

想到未來，或許有一天，我也會像父母一樣，爲我所愛的人進行修剪與呵護。希望他們能在我的栽培下茁壯成長，找到屬於自己的方向。

想到此，爲了以後能當好一名園丁和藝術家，我決定從現在開始，從眼前的盆栽著手，去實踐我的新感悟。說著，我再次凝視著盆栽，而盆栽也再次凝視著我。

三十分鐘後。

「我覺得我盡力了！」

我自豪地把自己的作品發送到那個名爲「相親相愛一家人」的群組裡，此刻的我只想盡情地展現自己的傑作。

「你這都剪得什麼啊！！」
「大小姐你就別折騰我們的盆栽了，等我們回去再收拾你！」

「哈哈哈～我覺得挺好看的啊！等你們晚上回來，我再表演一次啊！」

我們不諒解父母，也總抱怨他們不理解我們，一次又一次。就好像我們之間的愛，誰也不曾提起過，一次又一次。

3am.talk
Taipei

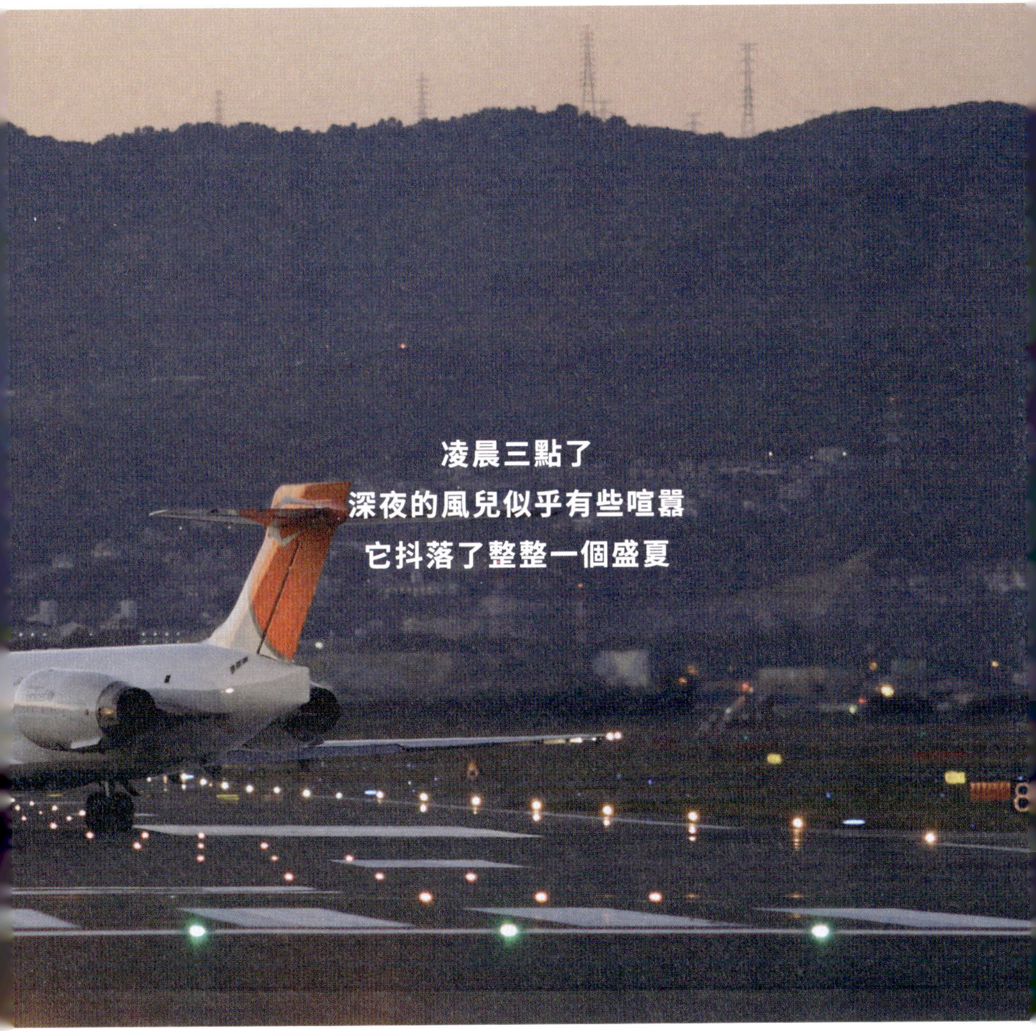
凌晨三點了
深夜的風兒似乎有些喧囂
它抖落了整整一個盛夏

Chapter 4　察言觀色篇

自願上班打工人

在這個充斥著
利益與競爭的鋼鐵森林裡，
就算有地圖也不代表就有出路。
沒想到自命不凡的我們，
最後還是為了五斗米折腰。

3am.talk 14h
鄧紫棋 · 泡沫
SHUN TAK
不上班的話只是窮, 上班的話是又累又窮。
Send message...

1
怪我沒有看破
才會如此難過

打工人最平凡的夜晚，就是在街上空無一人而整個城市沉入美夢時，像個守夜人一樣坐在電腦前，守著這份看似無盡的工作。白色的螢幕散發著冷冷的光，將我的靈魂鎖進某個不可觸及的空間裡。

算不上平庸的我們似乎永遠無法達到世俗裡常說的事業有成。那些成功的模式、耀眼的數字，彷彿離我們遙不可及。我們恪守本分、隨傳隨到，甚至替人解決萬難，到頭來除了靈魂變得俗氣，手頭上的工作好像始終稱不上一番成就。薪水一個月一個月的存著，卻總換不來那些所謂的資產，更換不來那份自我認可的安全感。心中那匹千里馬依舊在原地徘徊，等待著大概永遠不會出現的伯樂。

「又要加班，幹。」
「不上班的話只是窮，上班的話是又累又窮。」
「我寧願賣命都不想再出賣自己的靈魂了。」

有時候為了喘上一口氣，我們總會忍不住跟志同道合的同事抱怨起來。我們用自嘲的方式，試圖減輕內心的重擔，可這種吐槽不過是傷口上的膚淺包紮，掩蓋不了實際的痛楚。

我們好像一直對事業有成這回事有些誤解，也有些錯誤的期盼。我以爲事業有成的寓意是我終於找到了發揮自身價值的地方，是我可以透過自己的雙手和勞動成果讓這個世界變得更理想一點，是我可以從這番成果裡得到哪怕只有一丁點的快樂。

看著自己長長的履歷，那些數字與標籤好像跟自己沒有半點關係。有時候我會懷疑自己是否依然不夠上進，還是升官發達這等好事始終跟我沒有半點緣分。

我們心中懷著理想，偏偏腳下卻總有無形的枷鎖。或許我們眞的擁有一些不負衆望的天賦，但這些天賦若未能在取得功名成就之後得以證明，便永遠只是空中閣樓，只能眼睜睜看著它任人評價。在這條本應通往成功的路上，我們目標模糊、腳步淩亂，難道要像愛因斯坦般偉大，或者像比爾蓋茲般成功，其他的統統都只能被稱爲失敗？

「唉？如果我眞的把自己的靈魂標上價格的話……」
「你說我能賣多少錢呢？」

靈魂的價值在這個世界裡，應該用什麼公式去計算？按我們被購買勞動的薪資來看，恐怕世間根本沒有獨一無二的靈魂，甚至都廉價得可憐。從工傷意外保單上的賠償金額到每月發下的薪水，看著這些數字，我們對自己的價值都開始產生懷疑。一想到這裡，我的心就涼了一半。

我沉默地坐在電腦前，腦海裡飛快地統計著自己的得失，那些赤字與盈虧就像是工作留下的巴掌，不屑地嘲笑著我後知後覺的付出：爲了一份破工作，我還要犧牲多少才算足夠？

「上班不就是因爲貧窮嘛，他們來上班說明他們也還沒實現財務自由呀！」

「既然都是打工人，他們憑什麼說你的靈魂就不比他們的值錢？」

我隔著螢幕都感受到來自同事的白眼。我頓時鬆了一口氣，幸好那些內耗，還能被這種破罐破摔的態度及時扼殺在同事之間的吐槽裡。

沒有人手把手教我們怎麼樣才能更靠近自己夢寐以求的理想，沒有人告訴我們事業成功的具體路徑。所以窮途末路的我們，費盡腦汁之後唯一能想到的手段，就是用蠻力去推動自己，在這條看不見終點的道路上，騙自己再努力一點點就可以看到勝利的曙光。可是擅長衝刺的人又怎麼贏得了一場漫長的馬拉松？所以他眞正的戰場，應該是那個能發揮他所有潛力的短跑比賽。

如果成功有所謂的捷徑，那一定是要學會把自己的所長打造成自己的專屬武器，精準地殺出一條只有你能走的出路。唯有這樣，你那些引以爲傲的才華不會白白淪爲別人的陪跑與鋪墊。

我們的潛力與天賦，
不該浪費在這些無休止的奔波中，
眼睜睜看著它被消磨殆盡。

「你說得對！」
「那我們明天一起獎勵自己上班的時候摸魚十分鐘好了？」
「開心，嘿嘿，散會！」

那些來自深夜的靈魂拷問，
終會隨著清晨的陽光淡去，
而我們依然要迎接明天，
繼續上路。

3am.talk
Taipei

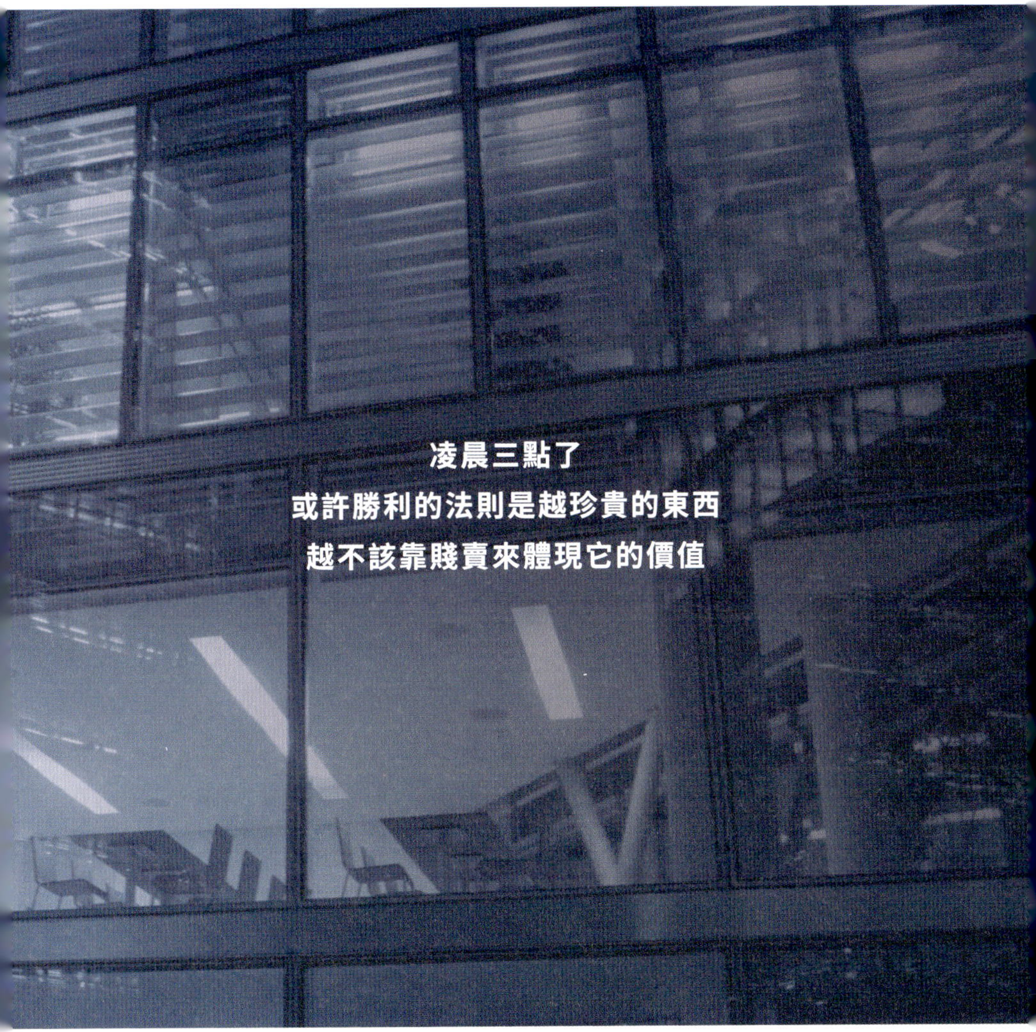
凌晨三點了
或許勝利的法則是越珍貴的東西
越不該靠賤賣來體現它的價值

3am.talk 14h
陳奕迅 · 娛樂天空
每個人都有自己在職場以外的煩惱，
他們各自背負著自己無法解開的結。
Send message...

2
突如其來的崇拜
讓你的心跳慢不下來

職場攻略總跟我們說除了要防備那些表面上就對你使壞的壞人，更要防備那些口口聲聲說著不求回報的好人。但畢竟人各有志，有人想做人畜無害的小綿羊用和氣換取平安；自然就會有人想做一隻處心積慮的大豺狼，靜待時機的同時又運籌帷幄。

這是一種不得不面對的現實，畢竟職場如戰場。

我們經常抱怨上班總輕易讓人心力交瘁，那些無形的壓力更是像漩渦般將人吞噬，日復一日的工作像是對現實生活的妥協與讓步，甚至有時候還會調侃地說上班就是對現實生活的低頭。但對於有些人來說，那反而是一個憑藉人脈或者權利達成理想生活，甚至是忘記現實傷痛的舞臺。公司裡那個對你最講義氣的同事，也許從一個充滿疏離感的環境長大，至親忙於掙扎求存甚至無暇顧及彼此。那個每天都積極地關心你的前輩，其實自己的孩子早已長大成家，但也已經許久未曾聯繫。而那位看似輕佻卻總在細節上處處體貼地照顧你的夥伴，可能一邊深愛著他的伴侶，一邊在未來的選擇中舉棋不定，內心總是波濤暗湧。

「我感覺我最近上班不只是在做牛做馬……」
「我他媽還要給同事們當保母！」
「都這麼大一個人了，還要我像哄小孩一樣，太過分了！」

每當在公司遇到這種諸事不順的時候，男朋友都會是我最好的樹洞，畢竟這種事情處理起來太麻煩，吐吐苦水就可以了。發洩完，我不等他回覆又繼續埋頭工作。

每個人都有自己在職場以外的煩惱，他們各自背負著自己無法解開的結。這些人生的難題，也許無論再怎麼努力，都無法找到皆大歡喜的出路了。所以我們總是下意識地利用自己的磁場吸引一些看似可以治癒自己的同伴，在彼此的不了解中交易情感和溫暖，試圖在職場之外獲得一些心理上的撫慰。

「太過分了！」

當我看到男友這個嘗試提供情緒價值卻敷衍至極的回覆，差點沒忍住笑出來。是啊，對於超出工作範圍的情感需求，冷處理就是最好的方式。

我們都想從自己的失敗中，得到某種重生的契機，尤其當過去的傷痛無法輕易癒合。在這些交情尚淺的人面前，有人看到了可以暫時撇下過去的空隙，有人看到了可以重新開始的假象。

然而，現實不會對軟弱的人施捨仁慈。

我們通常都是一邊抗拒自己固有的本性，又一邊很想要修補它。所以在人群裡我們會小心翼翼地把這些脆弱包裹得密不透風，一邊希望自己可以一改以往的平凡被別人誇讚追捧；一邊又希望自己能藉這種認同確認自己並非自己想像般的一無是處。我們之間的了解越少，越容易入戲。只要角色在劇本裡存在，那麼我們便是眞實的存在。我們有時候甚至會產生錯覺，認爲在職場中一拍即合的同事，如果放到私人生活裡，也必然是一個値得深交的朋友。

然而，這種友誼的壽命總比想像中更短。最後我們還是無法避免從高處跌落、還是逃不過樂極生悲的下場，在猝不及防間同時失去了一個人，足足兩次。

我的意思是，同一個人通常在職場裡跟私生活裡，都是截然相反的人。

職場本質上是一個互取滿足需求的地方，我們可以拿勞動換取報酬、拿能力換取尊重、拿潛質換取賞識、拿人情換待遇。每個人想要的東西不一樣，但他們都會不約而同地想盡辦法用你需要的，換取他們各自想要得到的。不管這些東西到底是利益上的名成利就，還是情感上的人情冷暖，在公司這個巨大的交易廣場上，有時候吃虧是爲了得到更多。

每個人時刻都在計算，時刻都在權衡。

當你忽略了那些應該回報的善意，你就會被別人說成一個不懂感恩的小人。別人曾經給過你的體諒，你更不知道他會在什麼困境中，期待你不問緣由地回報同樣的體諒。人情債，比你想像中更難還清，尤其在職場這片殘酷的土地上，人情的利息，是大家心裡一筆再清楚不過的帳。

有些眞心話可以適度理解，但不必次次同理對方。

話說到這個分上，我都不敢再天眞地以為，在這個綿羊比豺狼更深不可測、吃人不需要吐骨頭的地方裡，會有免費的善意。我不至於自大到以爲自己擁有特別的利用價値，但我寧願早早看清人性的複雜和陰暗，都不想後知後覺被捲入非必要的風暴裡，平白無故地給自己添增本來就不少的壓力。

參透人際關係的本領就像是在一片看似安全的土地上學會了掃雷，這一切的努力，不過是爲了在危機四伏的土地上謹愼生存。哪怕我們不稀罕爬上成就的天梯、對功名利祿不屑一顧，也要學會細心分析和觀察，到底什麼人雖然不溫不熱但可以安心靠近，什麼善意看似無害卻必須趁早遠離。

「好啦，不生氣了。」
「再這樣在背後吐槽他們，萬一明天他們集體感冒了，你怎麼辦？」
「到時候陪你加班，可是要分我一半加班費的哦！」

3am.talk
Taipei

3am.talk 14h
陳奕迅 · Life Goes On
無常大概就是最平常的常
花開花落或是人來人
都是緣來則應、去而不
Send message...

3
前景多好看
不要淡忘

我們身邊總有一些朋友，想發財的心比常人強烈百倍。

「什麼時候出來吃飯啊？我們都好久沒見啦！」

我一直相信 work hard play hard 的原則。

我的老闆跟他給我的工作有多折磨我，我下班之後就要得到更多的娛樂。

「最近真是忙得不可開交啊。」
「我最近又接了個副業，每個月的收入多了足足兩萬呢！」

「我的天！這麼拚，你不累嗎？」

「辛苦是辛苦，但每當月底看著帳戶裡的存款，我心裡就踏實多了！」
「再說了，賺錢嘛，哪有不累的？」

他們像是在跟時間賽跑，無法停下腳步，追逐那似乎遙不可及的終點。

他們的生活被工作分割得支離破碎，每天穿梭於一份又一份的職責之間，眉眼間的疲倦總是藏不住卻也以掙錢爲樂趣，每天都是一副「雖然身體很殘破，但靈魂很快樂」的狀態中。有時候我甚至不太理解這些眞的是用生命換來的錢財，明明應該叫補償，他們非要把它叫工資，彷彿這樣就能爲他們疲憊的身心找一個正當理由繼續奮鬥。

忙忙碌碌又日復一日地在職場中拚搏，我們像是上了發條的機器，總能說服自己一切的付出都是爲了薪水而努力，但每當自己筋疲力盡的時候，我又想不通這樣透支自己的所有，到底是在追求什麼。

「那你有沒有想過，賺到第一桶金之後打算做什麼？」

如果有一天我變得很有錢，我想讓爸媽坐一次頭等艙，讓他們不再爲每一份開銷感到顧忌，能無憂無慮地享受生活的美好點滴。如果有一天我變得很有錢，我會讓每天早上的鬧鐘變得不再刺耳，上班的動力將不再是薪水，而是單純地爲了突破自己，從此理想與歷練兩不耽誤。如果有一天我變得很有錢，我會確保不再有任何孩子因爲飢餓哭泣，也不會再有老人因爲無家可歸而只能在街角嘆息。

「唔……我想再賺第二桶金。」

這些美好卻遙遠的理想，曾無數次重現在我們的腦海中。那一刻，金錢彷彿是通往所有幸福的萬能鑰匙。雖然物質上的滿足聽著很俗氣，在追求這一切的過程中很辛苦很孤獨也很焦慮，但我不敢把財富自由這四個字輕易稱之爲夢想。

我很清楚沒有物質的基礎，我們或許很容易就會變成別人的累贅。你說我自負也好，說我野心大也可以。但我愛錢不代表我貪財，我不過是想要在遇到問題的時候，不用爲了沒有解決問題的能力而苦惱，最後只能束手無策地看著生活被壓垮。

但物質帶來的快樂，確實不長久。

我熱愛藝術也敬畏大自然所有的鬼斧神工，會在山頂上看著無邊無際的山川河流慨嘆自己的渺小，然後在那一刻明白，一個人再會掙錢都買不來微風和夕陽。精神富裕這回事太脫俗了，那是面對一片狼藉的生活時依然熱愛，對複雜的人際關係時刻保持著最多的善意，對自己的內心有足夠的力量去抽離去反思和覆盤。

生命應該有意義，靈魂也應該有歸屬。

「無應所住而生其心」，在這一刻終於有了具象化的畫面。無常大概就是最平常的常態，花開花落或是人來人往，都是緣來則應、去而不留。

話雖如此，我們不過都是平凡人，上班做牛做馬的時候還是會忍不住想要找人吐苦水，靈魂找不到它的自由也會往死裡鑽牛角尖。但幸好我們還有野心也戒不掉叛逆的倔脾氣，色彩豐富的生活我們不願錯過，也不想失去自己最後那一點靈氣。

我的朋友，你不一定要每分每秒都拚盡全力向前衝，沒有人可以掙完世界上所有的錢，不要爲了不負衆望而奮力拚搏，不要爲了達到某個目標最後卻弄巧成拙。

你也不一定要此刻就斬斷自己的七情六欲，隨遇而安不應該被說成不上進，多少人因爲追求精神上的出路而忘了眼下的生活，在走火入魔之後，後知後覺才發現自己錯過了多少在乎自己的人。

3am.talk
Taipei

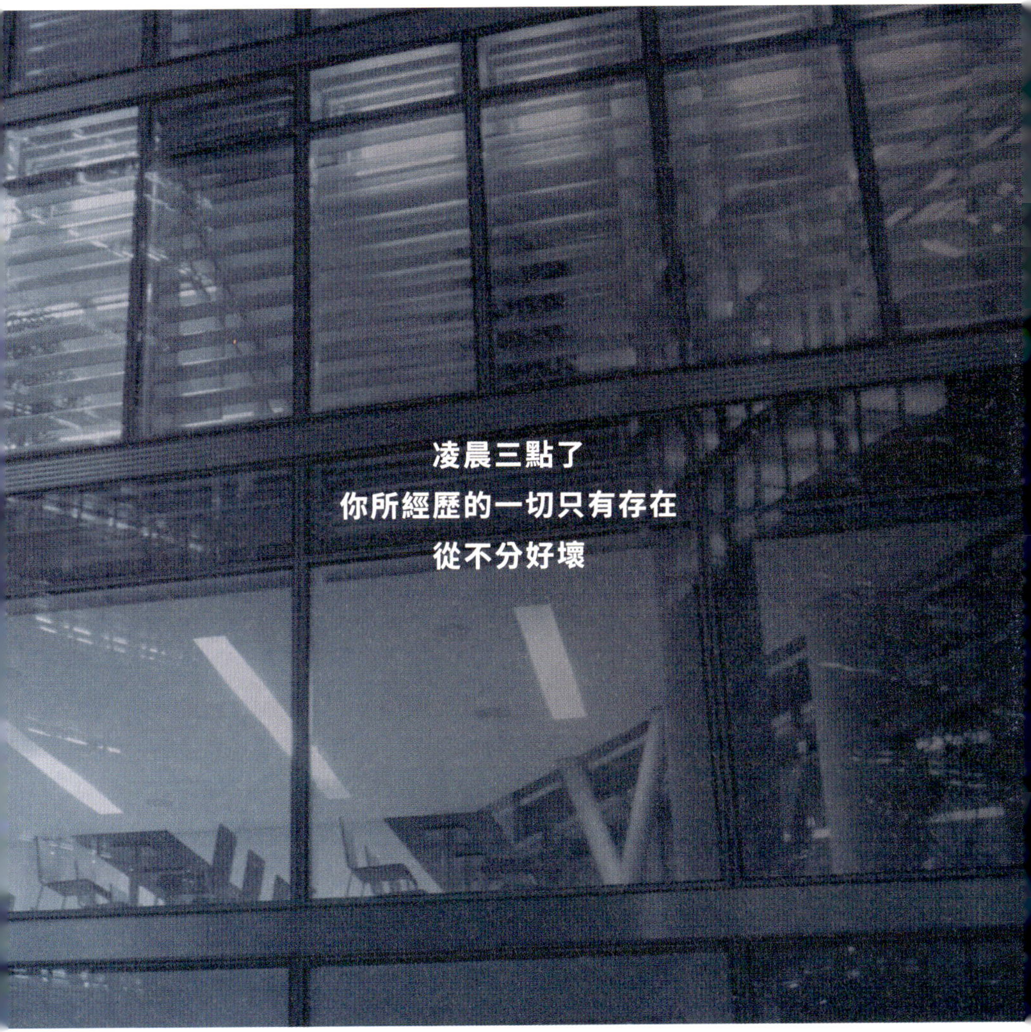
凌晨三點了
你所經歷的一切只有存在
從不分好壞

3am.talk
14h
GALA • 追夢赤子心
我知道，夢想並不是一條平坦的道路。
Send message...

4

不求任何人滿意
只求對得起自己

我曾無數次想像著自己坐在咖啡廳裡，看著陽光灑在木質的桌椅上，香濃的咖啡在手中輕輕冒著熱氣，耳邊傳來輕柔的音樂，客人們三三兩兩地坐在角落，享受著那片刻的靜謐與放鬆。那是我對夢想的憧憬，一個充滿靈氣與文藝氣息的咖啡空間。

梧桐樹下的咖啡廳，最初只是一個在春天裡悄然綻放的夢想。那時，枝頭的新芽迎風搖曳，彷彿無數個新生的希望。

我從小就熱愛咖啡，總幻想著有一天能開一家屬於自己的咖啡廳。夢想夢想，我眞的在夢中想過追逐這個我不太知道該如何實現的夢想。

「其實……我想開一家咖啡廳！」

我夢見那個春天，還在公司裡忙碌的我，時常在午飯的時候與前輩聊起這個理想。當街邊的微風吹拂著梧桐的嫩葉，當所有生命都開始爲即將到來的夏天儲備能量，我的內心也充滿了期望。我的語氣輕快，眼裡閃爍著光芒。

「你有好好想清楚嗎？」
「現實恐怕沒你想得那麼詩意呢。」

我輕笑著搖頭，覺得他只是未能體會那種對理想的堅定。我相信，只要有足夠的熱情和決心，夢想一定會綻放成一個理想中的花園。隨著夏天的來臨，我終於辭去穩定工作，開始籌備每個能讓夢想實現的細節，一步一步，爲了自己最想得到的東西，付出我畢生所有。

然而，現實的溫度比夏天的太陽還要炙熱。咖啡廳的運作並不如我想像中那麼從容不迫。早晨的陽光還沒來得及照亮店內的每一個角落，門口就已經排滿了匆匆忙忙的上班族。那些原本應該在店裡靜坐品味咖啡的畫面，被急促的步伐和短暫的停留取代。咖啡成了匆忙生活中的一種「續命」必需品，而非一種值得細細品味的藝術。客人們只是匆匆拿走咖啡，連一眼都不會多看我設計了許久的木質桌椅。

「總感覺你現在比之前上班的時候還忙吧？」
「不知道你當初和我們說的那種文藝畫面，你有沒有找到呢？」

一位曾和我聊過理想的同事再次光顧，微笑著問我。他的話讓我語塞，無法否認這個夏天，理想與現實的落差如烈日下的熱氣，顯得那麼刺眼。我以爲開間咖啡廳可以擁有更多自由和創造，但事實上，我每天忙於應對瑣事，甚至無暇品味自己做的咖啡。這並非我所想的詩意生活，反倒成了另一種重複與壓力。

但我並不想因此妥協。我知道夢想並不是平坦的道路，它需要妥協，但也需要我在妥協中找到自己的路。在這過程中，我逐漸理解，夢想並不需要完美無瑕的實現，更多時候，它需要耐心和堅持，讓它在現實中找到屬於自己的方式生長。

幾年過去，秋天的梧桐葉在風中輕輕飄落，我的咖啡廳也隨著時光的流逝變得更加穩定。午後的陽光依舊透過窗戶灑在桌椅上，但這一次，我不再急於追求理想中的靜謐，而是享受當下的收穫。店裡的客人川流不息，但我也開始遇見那些願意停下腳步的人，他們在我精心製作的咖啡旁坐下，與我聊聊故事，或靜靜翻閱一本書。

這是一個豐收的季節，儘管這條路並非我當初想像中的筆直，卻有著另一種更為深刻的美好。

梧桐葉已經泛黃，為整個街道鋪上了一層柔軟的金毯。那天下午，一個熟悉的身影推門走了進來，是曾經的老同事。他已經很久沒來這裡，我笑著向他招手，示意他坐到窗邊的位子上。

「還記得我們當初聊的那些理想嗎？」
「我沒想到你能堅持這麼久。」

「是啊。回想起來你那時候說得對，我一開始確實過於理想化了。」

我們聊著這些年發生的故事，斜陽的光芒漸漸變得溫柔。橙色的陽光映在我們面前的咖啡杯上，輕輕搖曳著。我看著窗外飄落的梧桐葉，內心平靜而滿足。

夢想的實現不在於是否完全符合當初的想像，而在於我們在這條路上如何一步一步前行，如何在現實中找到屬於自己的方式。

雖然不是最完美的版本，但它是屬於我的夢想，也是我經歷過風雨後所收穫的果實。

「所以，以後有空常來坐坐吧。」

3am.talk
Taipei

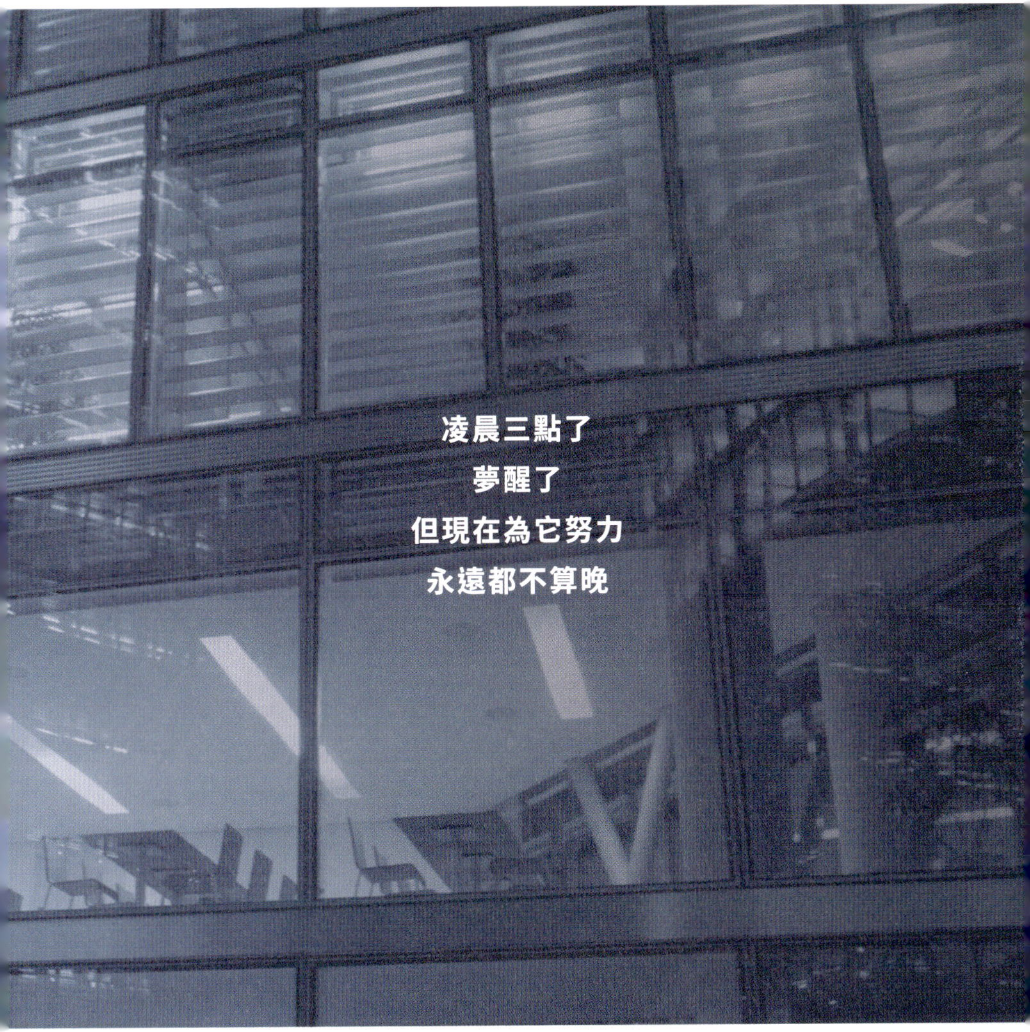
凌晨三點了
夢醒了
但現在為它努力
永遠都不算晚

3am.talk 14h
周杰倫 · 楓
我從沒想過我能勝任的工作，不一定就代表那是一條最適合我的路。
Send message...

5

我聆聽沉寂已久的心情

那是個秋日的午後，街道上金黃的樹葉隨風飄落，像是時間的碎片從枝頭滑落，靜靜地堆積在我的腳邊。而我卻無心關注這美麗的景色，我一邊走，一邊還在爲工作的瑣事心煩。忽然，我的思緒被一陣熟悉的聲音打斷。

「眞的是你嗎？」

我回過頭，看見一張熟悉的面孔，一位多年未見的高中同學，微笑著朝我走來。與久未謀面的老友相遇，像一陣秋風，暫時吹走了工作中的煩惱。他提議去喝杯咖啡，我們走進了一家藏在梧桐樹旁的咖啡店，店裡瀰漫著咖啡豆的香氣。我們坐在窗邊，點了各自的咖啡，外面的風繼續輕輕的吹動，吹起了心中的回憶。咖啡在我們手中微微冒著熱氣，我們就這樣，聊過了從前，又聊起了現在。

「你現在變得眞不一樣了，還記得你高中時候曾說過的話嗎？」

午休的時光總是短暫的，在臨別之際，他有意無意的話，卻在我心底炸開。

「你以前總說，這輩子我絕對不會去大企業，去做每天重複的工作。如果可以選，我寧願和朋友們一起創業，闖蕩也是自由的一種。」

微笑告別的背後，卻是潮水般湧來的記憶。年少的我意氣風發，對未來的憧憬，以及無畏的熱情，如今卻是充滿了現實的牽絆和妥協。夜晚辦公室的燈火通明，窗外的霓虹中映著飛舞的落葉。秋天的天氣，正如同人生中的一個過渡階段，提醒我冬天將至，而這個冬天，或許是我決定去留的時刻。

我最後拖著疲憊的身軀到家之後，我們在手機上繼續著久違的聊天。看著上一條訊息還是幾年前，而眼前這一條訊息，卻像是一把尖銳的矛，直刺我內心深處。

「你有想過辭職嗎？去追尋你當初說過的那些夢想？」

我沒有馬上回答他，落葉像是我們的對話，短暫地飄落，然後化作無聲的靜寂。

如今的我，已經在一家公司裡工作了好幾年，工作算是穩定，收入也足以支撐我舒適的生活。有時候，我也能參與一些創意性的項目，似乎滿足了我對「有趣工作」的最小需求。但那真正的夢想呢？那份當年說過的想要闖蕩的憧憬，早已隨著時間和現實一同被壓抑在心底，成爲一個不曾觸碰的遙遠角落。

夜深了，我躺在床上，腦海中重播著今天的對話，久久無法入睡。我拿起手機，猶豫著，最終給他發了一條訊息。

「你覺得……這份工作真的不適合我嗎？」

我知道這條路不是我一開始選擇的那條路，但從沒想過我能勝任的工作，不一定就代表那是一條最適合我的路。

「也不是啦！但我記得舒適不是你以前最重要的考量吧？」
「以前我們都覺得那個說著永遠不會屈服的你超酷的！」

我望向窗外，深秋的月光像銀色的絲綢灑在地上，寧靜中隱藏著一股無法抗拒的力量，似乎在暗示著，人生的每一個階段都是爲了下一個季節做準備。我輾轉反側，回想著他說的那些話，回想著我們年少時的夢想。曾經那麼篤定的我，如今在現實中彷徨，彷彿迷失在鋪滿落葉的深秋街道上，找不到出路。然而，這些不安與掙扎的根源，其實並不是源於害怕未知，而是源於害怕失去那份對夢想的執著。

黎明漸漸透過窗紗，淡淡的光線在房間裡遊移。我忽然意識到，留在這份工作裡，我或許能夠擁有穩定的生活，但內心的那份渴望和激情卻會在日復一日的重複中慢慢枯萎。就像一片遲遲不肯飄落的樹葉，緊緊抓住枝頭，卻無法迎接冬天的沉寂，也無法擁抱春天的再生。

我下了床，打開筆記本，瀏覽著那封草擬已久的辭職信。曾經無數次點開、又無數次關閉的信件，今天看來卻如此清晰而有力。我的手指在鍵盤上輕輕敲擊，最終按下了「發送」鍵。信件發出的那一刻，我的心像是剛剛脫離枝頭的葉子，輕盈地飄向未知的遠方。

「我終於辭職啦，鐵飯碗沒啦！」
「但是感謝你，讓我聆聽到，我沉寂已久的心情。」

人生的每一個階段，都是爲下一個階段積蓄力量。

也許接下來的路途會充滿荊棘與挑戰，但我知道，只有放手一搏，才能在未知的旅途上找到眞正的自己。那些曾經無法相會的平行線，如今已經在我心中交會成一個全新的起點。而那個曾經說著「永遠不會妥協」的我，終於在這個秋天，迎來了屬於自己的蛻變。

不再回頭，勇敢向前。前方的路或許崎嶇，但我的心早已決定，無論風雨，定會迎來屬於我的春天。

3am.talk
Taipei

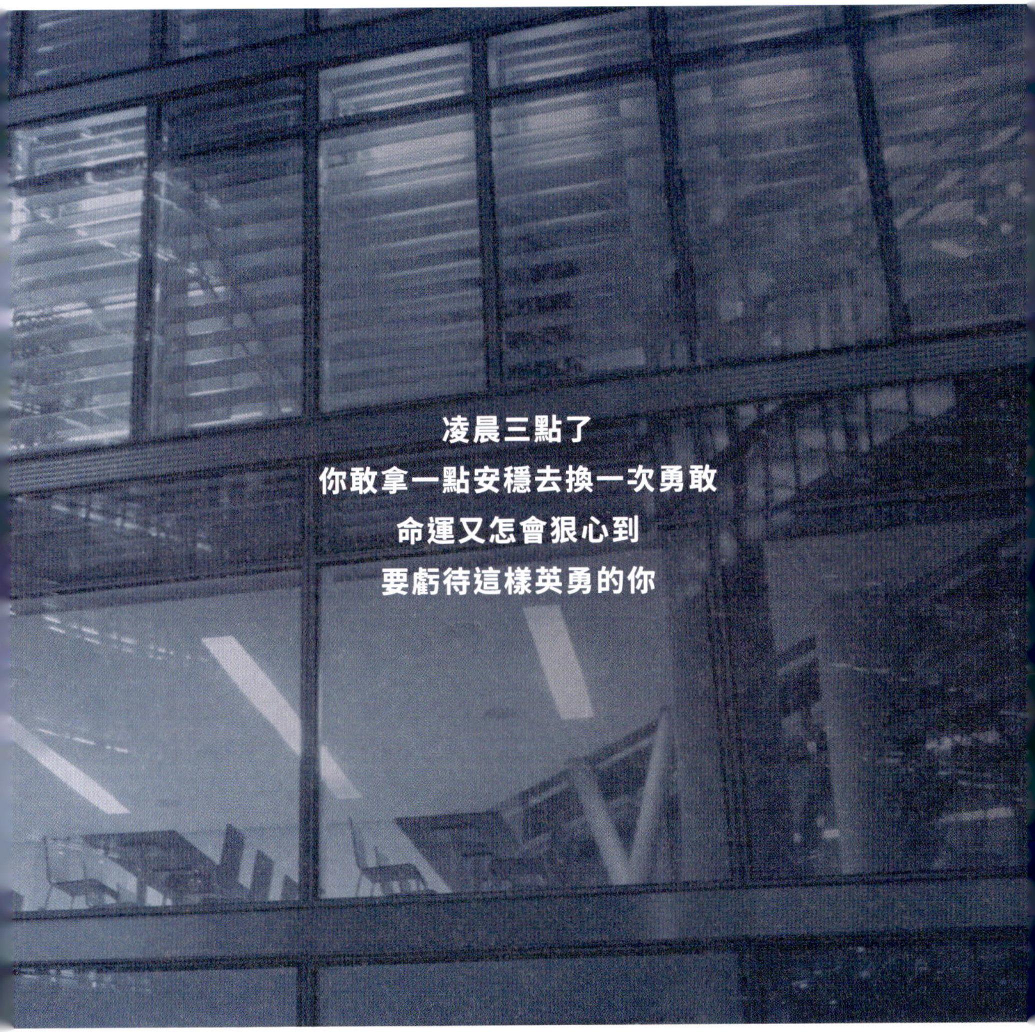
凌晨三點了
你敢拿一點安穩去換一次勇敢
命運又怎會狠心到
要虧待這樣英勇的你

Chapter 5　自言自語篇

黑名單

除了詐騙電話之外，
似乎都是曾經跟你深入來往的人。
如果時間可以倒流，
事情會變得不一樣嗎？
願我跟你真的還有不一樣的結局，
但僅限在平行時空裡。

3am.talk 14h
傅佩嘉 · 絕
以前所謂的交錯也不過是我們的命運不幸打了個死結。
Send message...

1

別再滯留在此處
別再叫時間中止

手機放在一旁，螢幕暗淡，卻依然在伸手就可以觸及的地方。就像我們之間不會響動的對話方塊，靜靜躺在聊天記錄的最底部，不曾消失卻也只會越來越遙遠。

眞想跟你有一個不一樣的結局。
深情的我每次一想到你，總是這麼以爲。

故事再精采，在最後爛尾的時候，所有的溫度都已經揮發成無奈和嘆息了。

事情過去這麼久，跟你的聊天視窗我還沒捨得刪除，但是你的存在早已被形形色色的人覆蓋，要把你從列表裡找出來的過程，大概就跟我要想起你的過程同樣漫長。斷聯期間這幾百天，說起來那些好的壞的細節，我好像已經記不清了。看來時間依舊殘忍且公平，戒不掉深情至少不再想起你，好像也算是不再愛你的開始。時間的巨輪把我們各自推向了比過去更讓人嚮往的新生活，或許命運就是要用這種方式讓我們明白，要熬過那些輕易要了你半條命的情關，「努力」與「堅持」，從來都是缺一不可。

「怎麼了？你是不是又想偷偷去看他的 Instagram 和動態了？」
「我勸你，好好想清楚自己在幹什麼。」
「你花了那麼大的力氣才能忘記他……」
「我不會讓你因爲一時的動搖而前功盡棄的！」
「拜託你爭氣一點好嗎？！」

在夜深人靜的晚上，想要及時力挽狂瀾的，是我僅存的理智，我還不至於執迷不悟到看不見我們之間的問題。

我們根本沒有想像中適合，所謂難忘，我到現在都分不清自己忘不掉的到底是你說過的會永遠愛我、還是最後你說我們似乎已經走到永遠的盡頭了。我們也沒有想像中了解彼此，愛你原來不是每次都等於愛自己，愛你也不代表我眞的願意放棄一切只爲了拯救你。不管在現實還是回憶裡，也由不得我們癡情地相信誰是眞正的無法取代。你看，時間終究會變成一面鏡子。鏡子裡那個不愛你的自己雖然看著有點陌生，耿耿於懷而已，卻早已不是念念不忘，但看著倒影裡的身旁不再是你，似乎又是一件意料之內的事情。

我們只敢趁四下無人的時候，想起一個不會再出現在我們生命中、也不會再如從前般靠近我們的人，因爲如果連月色都無法作證，那我們就算心虛也不至於要承受被理智宣判的罪名。

「我都懂。好馬不吃回頭草嘛！」
「我只是想看一眼而已。」

「就當是看看老朋友現在過得怎麼樣了。」

感性是一個不聽話的孩子，思想跳脫又愛闖禍，他固執地認爲世上只有軟弱的人卻沒有絕對的壞人。理智是一個無奈要照顧感性的小大人，嘴上嫌棄感性卻又看不慣別人欺負他。但感性不懂，感性只覺得理智總是過分苛刻——他不近人情之餘連別人的眼裡都容不下半粒沙子，所有的冷靜其實都是僞裝成冷漠的冷血。話都說到這個分上了，無辜遭殃的理智無可奈何之下也不得不退讓三分，唯有說：

「他才不是你的朋友。」
「別拿這些藉口打算蒙混過關。」
「他確實無可替代，但他不是最好的。」
「而你，永遠值得最好的。」

在片刻的放肆後，眼睛通紅卻不知道該怎麼反駁的我終於覺得害怕了。早已失之交臂的我們，明明對新生活心滿意足，爲何卻總有一種想要回頭偷看一眼的衝動？

回想起來，以前所謂的交錯也不過是我們的命運不幸打了個死結，我們能僥倖卻不得不承認，事情本身早就過去了。只是有些心結與不甘，總在一些毫無防備又意想不到的時刻，讓人在重遊感情廢墟時產生了一剎那的錯覺，誤以爲人在世上不該留有遺憾，而早已錯過了彼此的你我本應值得某種更好的下場。現實是你已經淡出了我的生活許久，連我都不太清楚自己對事隔多年後的你還保留了多少純粹的好感。所以想要偶遇一開始認識的你，曾經對我無微不至的你，還有那個讓我念念不忘的你⋯⋯唯有在回憶裡試試。

如果我眞的偶爾放縱自己的天眞，設想跟你可以有某種不一樣的結局，我似乎也不願意爲了彌補一個不剩多少意義的遺憾而放下眼前的生活說走就走，在回憶中開闢一條已經癒合的裂縫，窮其半生在那個半眞半假的平行時空中一窺究竟。

「還是⋯⋯算了吧。」

我盯著手機螢幕，指甲輕輕滑過那個對話方塊，看著那個熟悉的名字，最後還是沒有打開。我知道我們眞的沒有機會了。眼下所有的不堅定，都只是回憶用來試探我的陷阱。那種遺憾，那種想要再看他一眼的衝動，統統都不是愛。

我們的故事已經有了屬於它的結局。
而我還有更重要的事情，更好的生活在前方等著我。

我想感性跟理智的通病就是強迫症：明明手機的電量還有 99% 也要充上電才安心，所有代表著消息提示的紅點點必須讓它統統消失，少一格訊號都會讓人不安忐忑⋯⋯就好像還保留了聯繫方式就應該可以心安理得地聯繫，心裡只要尚有一絲遺憾都要徹底平息才舒坦。

你說我們最無可救藥的強迫症，到底是深情還是習慣？

3am.talk
Taipei

3am.talk 14h
楊宗緯 · 其實都沒有
但錯過一次跟錯過無數次，
好像區別也沒想象中那麼大。
Send message...

2
從什麼都沒有的地方到什麼都沒有的地方

年輕的時候不自信的同時也缺愛。只要有人說愛自己，我們便像漂浮在海上的孤舟，抓住那句話就好像抓住了救命稻草。可以盲目地相信，更可以心甘情願地照單全收，生怕錯過了這次的良緣，萬一孤獨終身也只能算是自食其果，最後只剩悔恨和不甘，豈不是太可惜了？

有些人我們註定會糾纏很久，以年爲單位，至少三五七個年頭。
他了解你明白你在乎你，唯獨沒有眞正說過愛你。

「我準備換新工作了，會搬到一個新城市。」
「有機會過來看看？」

我們兩人之間的步伐總是一個快一個慢，說不上誰在等誰，但大概也是互相追逐過。雖然幾年之後，以爲在時機終於成熟之際，還是選擇了擁抱離我們更近的人；但是我們避風港的身分，反而比以前更堅固且溫暖可靠。

可能是因爲天各一方，可能是沒有共同的圈子，可能是時機不對，但你參與不到的生活，他都會整理成長長的短信分享給你，他的世界裡認識你的人不多，你卻早已認識他的全世界。

「嘿嘿，看在你這麼大方的分上，我假裝答應你好了！」
「你也知道，我不會來的。」

你問我紅顏知己之間有沒有愛？
沒有的話似乎太無情，可如果有，卻又未免顯得太可悲。
橫豎都沒有好結果的話，四捨五入，還是權當沒有吧。
爲了保全我們各自的體面，這種關係，就不必歸類到愛情裡了。

別爲這種模糊不清的感情輕易加上沉重的名字。
它可以叫友情，也算得上是半個知己，怎麼都好，請別叫它愛情。

「好可惜喔。」
「本來還想帶你去看看那個你一直想看的展覽來著。」

可能我們從頭到尾都需要一個閃閃發光的人來仰望，借助他的炙熱來溫暖自己的孤獨。但我們顯然不是這種雙向嚮往的關係，保持在這種若即若離的距離，所謂的密友之所以可以陪你徹夜長談，能夠輕易接近你的靈魂，是因爲在黑暗中只要仍有回音，前面的路至少就不是一座無底深淵。

他是你的影子，走到哪都有他陪著你。你是他的影子，明明是他的分身卻始終見不得光。原來我們只有滿懷心事時才會靠近，避風港只要看到浪子回頭甚至可以不問因由，那些兜兜轉轉都只不過是上帝對我們的考驗，曾經那些零碎的錯或對，在守得雲開的那一刻，統統變得不值一提。

但我知道他一直都是一個聰明人，他早就在別人沒察覺的時候，偷偷爲自己鋪好一條可以隨時全身而退的後路。直到有一天，等他忽然消失在你的世界裡，才恍然大悟：原來他早已做好了準備。

聰明人的另一個習慣，是不會在任何情況之下死纏爛打。所以在來回試探過之後，我還是選擇了配合我們之間應有的默契，沒有像那些不及格的情人一樣，就算魚死網破也要把最後的窗戶紙捅破。

但是這種密友，多數等不到開花結果。
雖然他的世界沒了你不行，但也不能只有你。

「確實很可惜呢！」
「我本來就已經錯過一次了。」
「但錯過一次跟錯過無數次，好像區別也沒想像中那麼大。」

這樣的關係，既不是愛情，也不是友情。彷彿是一場無休止的對話，兩個人說著話，聽著綿綿不斷的回音，但卻從未眞正靠近對方。或許這種關係從一開始就不應該期望有什麼結果。我們都清楚明白，默契和距離，是這段關係得以保持平衡的唯一方式。一旦我們走得太近，一切就會開始撕裂，然後一點點崩塌。

有些人註定是我生命中的過客，而他，終究只是陪我走過一段黑夜的影子。等到黎明來臨，陽光灑落在靈魂時，我們會發現影子將會跟隨黑暗一起隨著光芒消散。一覺醒來，這個空間裡從頭到尾都只有你自己。

這樣的結尾，沒有大起大落，沒有轟轟烈烈，卻是最適合我們的結尾。有時候學會告別，才能騰出空間去迎接真正屬於自己的故事。

3am.talk
Taipei

3am.talk 14h
張敬軒・青春常駐
Ki te tūohu koe, me he mauka teitei,
ko Aoraki anake
If you must bow your head,
then let it be to the lofty mountain,
Aoraki
那些日子到底是歡笑還是淚水，
我想都只是角度的問題罷了。
Send message...

3
最好我在意的
任何面容都不會老

我從來不是個輕易斷聯的人，連那些只與我有過幾面之緣的點頭之交，我都不曾取消追蹤。今天，我卻狠下心來，把那些曾經在我青春歲月中出現過最多次的好友，從我的追蹤列表中一一抹去。當他們的名字從螢幕上消失的那一刻，我才感到心頭一陣沉重的失落。這種河水不犯井水的生活，或許早在我們彼此不再依賴卻從未正式道別的那天起，便已經悄悄拉開了帷幕。

十年了，我終於還是動了手。從畢業後的那一天起，我一直在逃避，總以爲只要不按下那個取消追蹤的按鈕，這些曾經陪我走過青春的好友，便不會眞正從我的世界裡消失。

歲月無情，它輕輕巧巧地將那些曾經密不可分的摯友和肆意揮霍的年輕時光，封印在這十分之一個世紀裡。我們不再有交集的日子已經很久了，事實上，無論刪不刪除彼此，這段關係的本質早就變了味。與其每次打開通訊錄時都感到一絲遺憾，倒不如狠一點，比試誰的心更絕。所謂的情誼，也可以像江湖恩怨一樣來個乾脆的了斷。

漸行漸遠漸無書，水闊魚沉何處問。

其實我知道，我放出來的狠話，你不會聽得見。我費盡心力才能放下的心頭大石，都沒能在你心中掀起半點漣漪。人都走遠了，現在才說再見大概都是出於與生俱來的禮貌，才不得已假裝都過去了早已釋懷。明知得不到迴響的一句再見，大概預示了我們連下輩子都不會再遇見。

「最近怎麼樣？明天有空堂嗎？我們去喝杯咖啡呀！」

曾經我們常常在桌底下互傳紙條，那些一筆一劃寫上的夢想和秘密，我到現在還留著。可是，時光如流水，我們的步伐開始慢慢不同。那個曾經最喜歡跟我分享秘密的朋友，逐漸變得忙碌，訊息越來越少。再也沒有那些熬夜聊天的日子，取而代之的，是一些敷衍的問候。

「最近學生會挺忙的，下次吧。下次一定。」

我拿著放大鏡，嘗試找到我們具體漸行漸遠的那天。但我始終不知道我們是什麼時候開始不再頻繁聯繫，明明那時候的我們甚至連一次正面的爭執或解釋都沒有。親密無間的我們，竟然如此悄無聲息地走散了。

冰凍三尺，非一日之寒。

當我們能悟透這句話的時候，可能早已在這片不饒人的冰天雪地裡困了太久太久。久到連掙扎和自救，似乎都變成了同一回事。

這種無聲的疏遠，作爲常態來說有那麼一點不成熟，作爲歷練又好像讓人覺得毫無防備。我不太記得是什麼事情導致我們的關係先是冷卻再而破裂。有時候我不禁懷疑：人際關係裡出現摩擦和意見不合的時候，如果我們從頭到尾都沒指證過對方，也沒爭執過、爭論過、爭取過，是不是等同我們心裡根本就沒想過和好，就已經暗自決定要從這段關係中抽離？

人性不一定醜惡，但必定複雜。

我相信我們都曾經爲對方掏出了自己的眞心，我只是沒想到眞心之間的差異，會讓我們散發出來的溫度大不相同，會讓我們收回眞心的速度變得天差地別。多年後我再想起那段友情歲月，在青春裡那些彷彿同生共死過的瞬間，在現實中就像極地裡的太陽，耀眼到讓那些迷失的人以爲看到了希望，以爲單靠豔陽就足以溫暖人心。

「這樣無聲的告別，到底是成熟還是不成熟的表現呢？」

我想問你的問題得不到回應，現在都變成了喃喃自語。

年輕的時候就應該天眞爛漫，因爲太早失望太早看透，反而會讓人失去更多。小時候的課題是要學會放下，長大後的課題是要拿捏好力度重新學會靠近。

凡是命運要我經歷的，是好是壞都不必刻意錯過。

或許我們心裡面也藏著一份不願見光的冷漠。說穿了就是我們只是想藉回憶的溫暖照亮前方的路，而回憶裡的人早已隨著時間的流逝，淡出我們的生活，那些在回憶裡發生過的事，我們也沒有想再去經歷一番的衝動。那些日子到底是歡笑還是淚水，我想都只是角度的問題罷了。

「嘿，如果我這次不挽留你，你不會怪我吧？」

成長的征途上，總有些坎無可避免。
那些刀山和火海，我差點以爲沒人陪，就一輩子都過不去了呢。

3am.talk
Taipei

3am.talk 14h
張敬軒 · 你救哪一個
感情世界總是讓人越陷越深、
然後慢慢演變成越愛越殘酷。
Send message...

4

就留下我
自己爭最後一口氣

嚴格來說，一個素未謀面的人是不能被拉入黑名單的。但是對於她的存在，我由始至終都擺脫不了那種「她活該在黑名單裡」的態度。她的存在，從一開始就像根刺，扎進我的心裡，讓我咬牙切齒、恨之入骨、斤斤計較……卻無可奈何。

聽說，她曾經和我愛的人有過一段故事。而我的不安，不僅僅是害怕她的存在，而是害怕他比自己願意承認的，更愛她。

「你還記得她嗎？」
「我的意思是，你們以前那麼親密，她對你來說還重要嗎？」

是占有欲作祟還是嫉妒心作怪？如此驕傲和自信的我們，竟然都會害怕另一半覺得前任始終略勝一籌，害怕他口中的愛我，不過是他選擇安穩的一種方式，不過是一個更好的人來治癒他內心那些無法癒合的傷疤。我們對伴侶的忠誠半信半疑，甚至偏激地設想過，他可以不愛我，但他絕對不可以還愛她。

「又提這個幹什麼？」

「我們早就沒聯繫了。過去的事情，早就過去了。」

這般的敵意與忌憚，即使再成熟穩重的人，都會不自覺地被這種強烈的戒備心牽著鼻子走。然後唯一想到的解決辦法就是眼不見爲淨，把這個罪魁禍首從那段讓人想入非非的回憶裡劃分出來，直接歸納到黑名單裡。

而且，必須是他的黑名單裡。

「那你爲什麼始終捨不得把她刪掉？」

這些問題，我想我們各自心裡，都早已有了答案。我知道我想要的根本不是什麼承諾或忠貞，甚至都不是那不知是否眞實存在的偏愛。我以爲恰恰因爲我們都是有過經歷的成年人，所以更加明白大家想要的，不過是成年人之間那份不言而喻的尊重——不需要明說，但憑著默契，彼此心照不宣。

「誰沒有過去？」
「一個成年人何必往死裡爲難另一個成年人呢？」
「就算保持聯繫就一定代表誰還忘不了誰嗎？」

最讓人心寒和陌生的距離，是在你眼裡我們之間只剩下爭論過去和相互爲難。我以爲你即使忘了注視我，至少也跟我朝著同一個方向在仰望。在這件事上一直做不到同仇敵愾的伴侶，無疑是等同選擇了她的陣線。

在非友即敵的感情世界裡，現任與前任之間的水火不容是一道死結，但他的猶豫與視而不見，變相是在一觸即發的信任危機上火上澆油。

或者我眞正擔憂的，是她其實還需要他。萬一他不介意重蹈覆轍再次捲入其中，不介意陪她重頭開始……明明我的身分應該給我足夠的底氣，我大可以名正言順、理直氣壯，甚至大搖大擺地面對這一切，可每次一提起她，我怎麼隱隱覺得自己才是那個多餘的存在？

所以戒掉舊愛，在我看來，是必要的。
如果你戒不了他，我就只好把希望壓在他能慢慢戒掉你了。

「你是一個說忘就能忘的人嗎？我怎麼就沒看出來。」
「我怎麼看不出你是個這麼灑脫的人？」

感情世界總是讓人越陷越深、然後慢慢演變成越愛越殘酷。尤其在這種表面平等的三角關係裡，勝利的限額永遠也只有兩個。所以我不怕輸，具體來說，是我不怕輸給愛情。如果我跟這個他最後還是成爲不了天造地設的一對也沒關係，在來回相愛又相恨的跌宕中輸得再難看，我想我最後也不會留下過多遺憾的。

但我那高傲又好勝的自尊心，不容許我輸給一個不屬於這條時間線的她。

原來你不是他的心魔，而是我的心魔。我沒有面對你的勇氣，我才如此需要伴侶分裂成兩半，一半愛我一半恨你，我才能反覆確認自己贏下了過去和現在的所有戰爭。有些坎的存在不是讓我們不斷嘗試越級挑戰它……我不過是一直跟自己在周旋，我跟我之間，誰都不願放過誰。

我愛誰、恨誰，都不應拿消耗自己爲前提。

嘿，恨一個人才不用那麼複雜。不屑一顧又嗤之以鼻就可以了，高手過招，只應該跟自己同一個等級的人較量，你看不上她，就已經贏了大半了。

3am.talk
Taipei

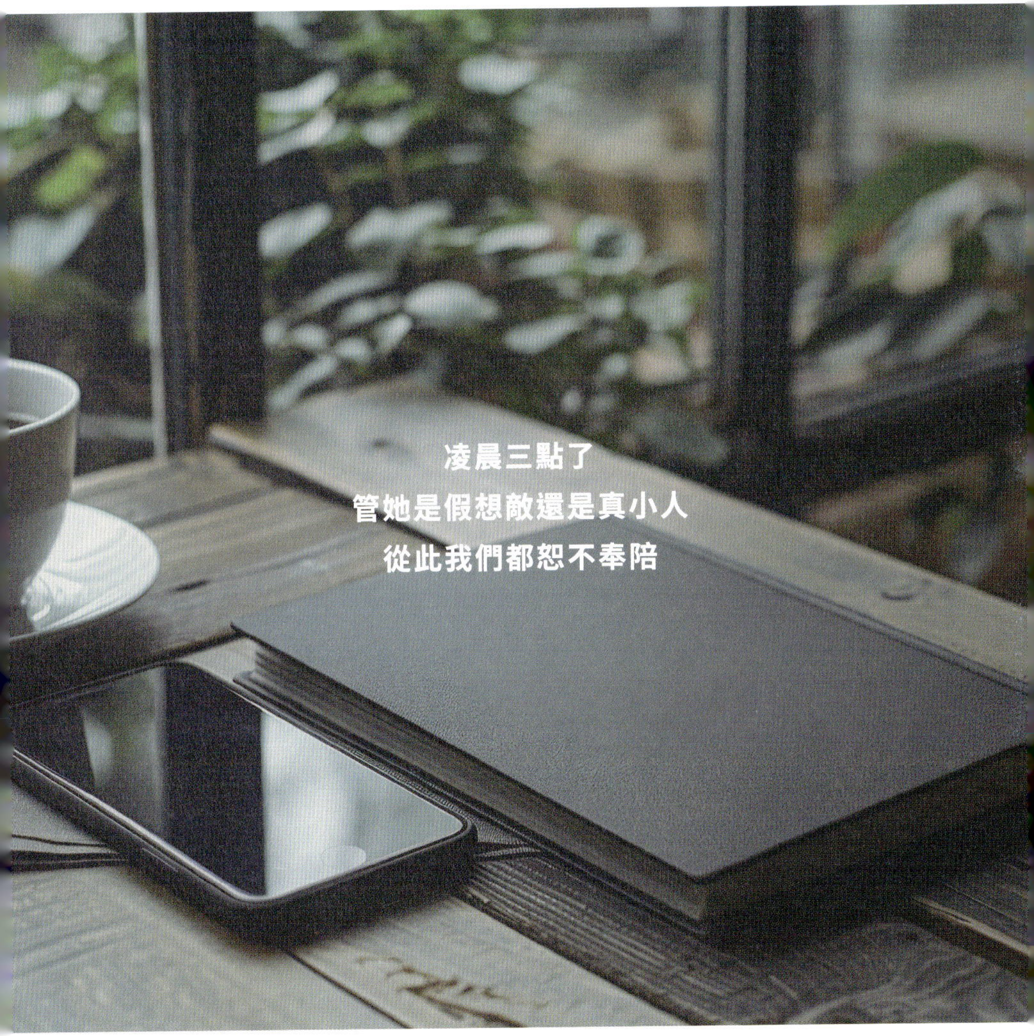
凌晨三點了
管她是假想敵還是真小人
從此我們都恕不奉陪

3am.talk 14h
周杰倫 · 擱淺
我們在不知不覺中已經開始走向不同的方向，
而我卻從未注意到。
Send message...

5
你原諒不了我
就請你當作我已不在

儘管我一直希望自己把社交的分寸拿捏得非常精準，但我們又不是天生的聖人，誰沒闖過一些無法彌補的禍呢？

「你有看到他的限時動態嗎？」
「他跟你一樣在那邊旅遊耶？你們要約一起聚聚嗎？」

幾年前的一個下午，閨蜜傳訊讓我去看看共同好友剛剛發布的動態。好友發了一張照片，內容是藍天白雲、陽光灑滿的沙灘，還有當地的特色雞尾酒。這個場景熟悉得讓我一眼就認出來，正是我當時旅遊的那片海灘。

「他也在這裡？」

他是我多年的老朋友，雖然近年來聯繫少了，但他在我生命中留下了深刻的足跡。這種相遇雖未真實發生，但仍讓我心生些許期待。出於懷念，我拿起手機，翻找他的名字，點開頭像，卻只看到冷冰冰的字句：

「你無法查看此人的動態。」

一瞬間，我的心彷彿被重重一擊。那種感覺如同在晴朗的日子裡，突然遭遇一場無預兆的暴風雨。我被拉進了黑名單的事實像一道閃電，劈開了我的平靜。曾經分享彼此生活的視窗，如今成了一堵冰冷的牆，將我隔絕在他的世界之外。

我呆愣了一會兒，心中湧起一股難以言說的情緒，介於震驚、不解和委屈之間。我試圖回憶，我們之間究竟發生了什麼，讓他決定將我遮罩在他的生活之外？我們沒有爭吵，沒有不愉快的對話，甚至也沒有任何明顯的疏遠信號。可是，當我伸手想要觸碰我們曾經的聯繫時，卻只摸到了一片冷冰冰的虛空。

「我做錯了什麼？」

這個問題如同滾燙的鐵球，在胸口不停地翻滾，燙得我無法呼吸。曾經以爲穩固的友情，怎麼就在不知不覺中變成了這樣？爲什麼我們曾經共用的生活，如今成了禁地，而我連站在門口的資格都失去了？

回憶慢慢浮現，我們的聯繫確實逐漸減少。或許，我們早已在無意間走向不同的方向，而我卻從未察覺。

「是不是我忽略了他？」
「他曾經需要我的時候，我卻缺席了。」

這個念頭像一道閃電，猛然刺穿我的思緒。我開始反思，自己是否在某個時刻，曾經無意中讓他感到被冷落、被忽視。或許，他在朋友圈裡發出過某些情緒低落的訊號，而我卻一瞥而過，甚至沒有停留片刻去關心。悔意慢慢蔓延開來，對自己的冷漠和疏忽產生了深深的歉意。也許，他曾試圖挽回這段友情，而我卻未曾察覺，甚至選擇了忽視。

心中的悔意開始蔓延，像海水不斷推上沙灘，淹沒了所有的防線。我突然覺得，我可能是忽視了我們之間的裂痕，在我們不再像以前那樣頻繁聯繫的日子裡，這段友情已經慢慢消失，而自認為思緒敏感的我竟然毫無察覺。回想這些年，我以為友情如堅固的堡壘，卻發現它更像一片需要用心呵護的花田。曾經盛放的花朵現在枯萎，我才意識到自己並未及時灌溉。我一直覺得我們的友情不需要刻意維護，彼此的默契自然足夠支撐。然而，這份默契卻在不知不覺中消散了，取而代之的，是今天的隔閡和沉默。

成年人始終不懂得好好道別。

我試圖為這段關係找到一個解釋，但最終發現，這場告別或許早在我未曾察覺時就已經開始了。就像一艘船悄然駛離港口，而我依然站在岸邊，等待著從未到來的回聲。

我拿起手機，猶豫著要不要發一條訊息，說出我心底的歉意與疑問。但我不確定這是否還有意義，能否改變什麼。當一段關係進入黑名單，這是否意味著他已經選擇將我徹底遮擋？這條訊息，是否還能穿越那堵無形的牆？

「嘿，最近怎麼樣？」
「我突然發現自己好像無法看到你的動態了。」
「如果我做了什麼讓你不快的事情，眞的很抱歉！」
「我一直很珍惜我們的友情，雖然最近聯繫少了，但我不希望就這樣失去它。」

猶豫了很久，在尷尬與懺悔之間，我選擇了好好面對自己犯下的錯。

這條訊息能不能換來什麼，我不知道。但至少，這是我最後的一次嘗試，一次向自己內心的歉意交代的機會。我不想讓這段友情在沉默中結束，卻也知道，結局已經無法挽回。

事到如今，我也沒有得到任何的回覆。但是年初的時候，他在我發布的動態，不多不少，點了一個讚。可能他只是在用這個方式告訴我，我們之間需要一些空間和距離，有時候太熱情，可能也會容易讓人灼傷。

3am.talk
Taipei

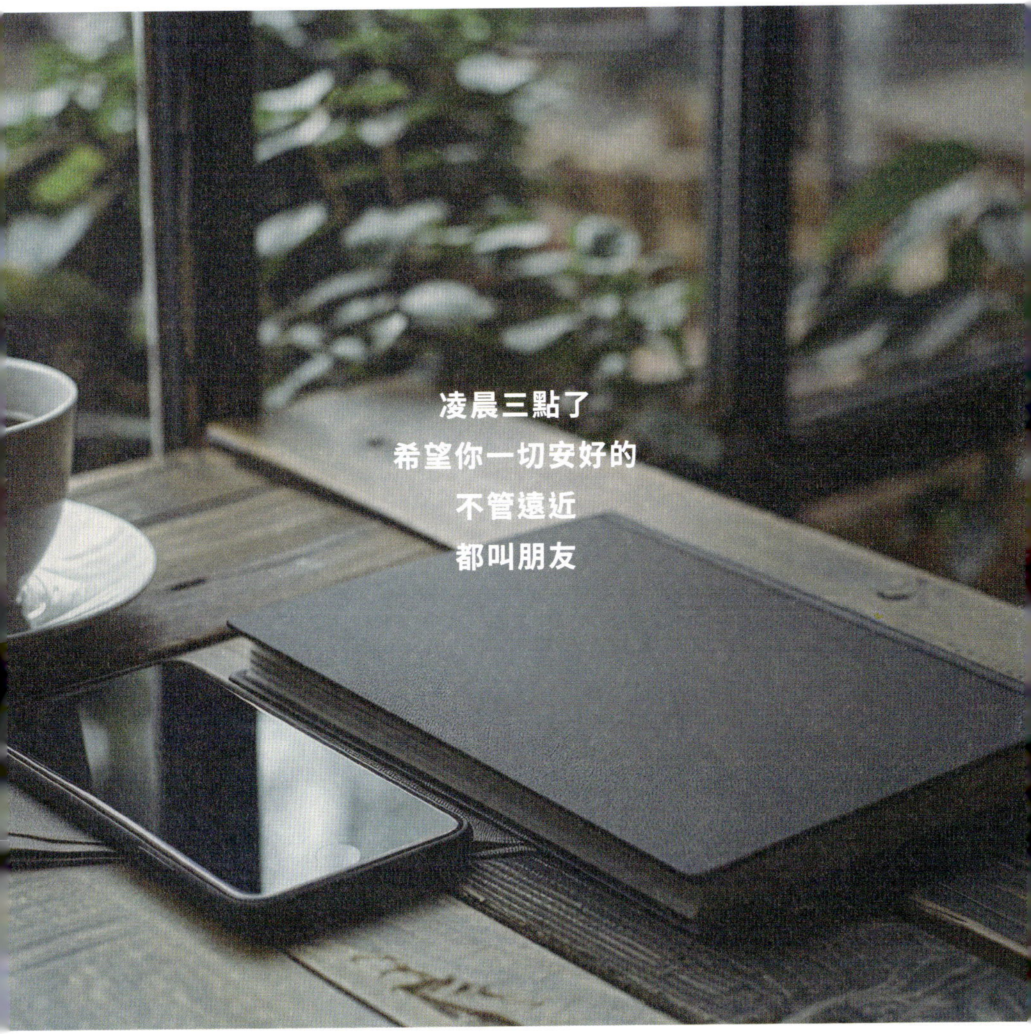
凌晨三點了
希望你一切安好的
不管遠近
都叫朋友

Eurasian Publishing Group
圓神出版事業機構
用心與你對話・視野無限寬廣

圓神出版社
Eurasian Press

www.booklife.com.tw　reader@mail.eurasian.com.tw

圓神文叢 304

凌晨三點了，未完成的故事未必需要結局

作　　者／3am.talk
內頁攝影／Max Gong Photography
發 行 人／簡志忠
出 版 者／圓神出版社有限公司
地　　址／臺北市南京東路四段50號6樓之1
電　　話／（02）2579-6600・2579-8800・2570-3939
傳　　真／（02）2579-0338・2577-3220・2570-3636
副 社 長／陳秋月
主　　編／賴真真
專案企畫／沈蕙婷
責任編輯／沈蕙婷
校　　對／沈蕙婷・尉遲佩文・3am.talk
美術編輯／蔡惠如
行銷企畫／陳禹伶・林雅雯
印務統籌／劉鳳剛・高榮祥
監　　印／高榮祥
排　　版／陳采淇
經 銷 商／叩應股份有限公司
郵撥帳號／18707239
法律顧問／圓神出版事業機構法律顧問　蕭雄淋律師
印　　刷／國碩有限公司
2025年1月 初版

定價 350 元　ISBN 978-986-133-954-2

恰恰是因為世間本無永恆，
人們才會趕在結束前、離開前、凋零前，
學會欣賞和珍惜，
或者我應該說，學會盡興。
——《凌晨三點了，未完成的故事未必需要結局》

國家圖書館出版品預行編目資料

凌晨三點了，未完成的故事未必需要結局／3am.talk著.
-- 初版. -- 臺北市：圓神出版社有限公司，2025.01

192面；14.8X20.8公分. -- (圓神文叢；304)

ISBN 978-986-133-954-2(平裝)

855　　113017174

「我本來就已經錯過一次了。」

「但錯過一次跟錯過無數次，好像區別也沒想像中那麼大。」

在執著於尋找意義的途中
可能我們已經錯過了太多

我將繼續我的旅程
並期待著下一次軌跡的交會

有時候學會告別
才能騰出空間去迎接真正屬於自己的故事